跳弾

暴き屋稼業

南　英男

Minami Hideo

文芸社文庫

目次

プロローグ

標的は通行人だった。

射撃ゲームの開始である。

三人の少年は、それぞれスプリングを強化させた改造エアガンを構えた。型《タイプ》はデザートイーグルだった。アメリカで開発され、イスラエルで製品化されているターゲット射撃用のピストルだ。

もちろん、真正銃《しんせいじゅう》ではない。模造銃だが、高度な改良が加えられている。

少年たちは有名私大附属中学校の三年生で、揃《そろ》って模造銃マニアだった。いつも放課後は渋谷のセンター街で、ガンバトルやマン・シューティングを愉《たの》しんでいる。

五月下旬の夕方だ。

文化村通りと公園通りの中間に位置するセンター街には、きょうも大勢の若者が行き交っている。何軒かの飲食店は、早くもイルミネーションを瞬《またた》かせていた。まだ夕闇は淡い。

「最初の標的は、あいつにしよう」

リーダー格の長髪の少年が二人の仲間に低く言い、人造石の舗道に立つ英会話教材のキャッチセールスの若い男を指さした。
二十六、七歳だった。瘦身《そうしん》で、どことなく弱々しい。
改造エアガンの銃口が街頭セールスマンに向けられた。通りすがりの若い男女は三人の少年を見ても、まったく関心を示さなかった。

狙《ねら》われた男は後ろ向きだった。その視線は、二人連れの女子大生に注《そそ》がれている。

模造弾が一斉に発射された。

街頭セールスマンは後頭部や背中にＢＢ弾を受け、体を反転させた。三人の少年は歪《ゆが》んだ笑《え》みを浮かべ、アクセサリーショップの陰に逃げ込んだ。

「あのばか、きょろきょろしてるぜ」

長髪の少年がさもおかしそうに笑い、仲間の肩を叩《たた》いた。

「面白《おもしれ》え。今度はさ、ケバい女を狙おうよ」

「いいね。女のあそこに、弾をぶち込んでやるか。けっけけっけ」

「スケベだな、おまえ」

「おまえだって」

三人は虚《うつ》ろに笑い、ふたたび改造エアガンを握《にぎ》り直した。

少年たちは年配のホームレスや腕力のなさそうな男たち、若い女性を狙い撃ちにして喜んでいた。体育会系の男子大学生や荒くれ者たちを標的にすることはなかった。

数分経《た》つと、エステティックサロンから派手な顔立ちの二十歳《はたち》前後の女が出てきた。シースルーの黒いブラウスに、白の超ミニスカートという身なりだ。髪はカラフルに染められている。

「ヒット・アンド・ランだぜ」

リーダー格の少年が二人の仲間に言い、通りの中央に躍《おど》り出た。ほかの二人が倣《なら》った。

標的の女が無防備に近づいてくる。

「チャラチャラしてんじゃねえよ」

「おまえの面《つら》、超むかつく！」

「おれ、キレた。死ねーっ」

少年たちは口々に喚《わめ》き、相前後して数発ずつ模造弾を放った。

女が甲高《かんだか》い悲鳴をあげ、その場にうずくまった。手で片目を押さえている。ＢＢ弾が命中したようだ。

模造弾とはいえ、意外に威力がある。至近距離で眼球を直撃されたら、失明しかねない。

「危《ヤベ》え！　おい、逃《フ》げ《ケ》よう」

長髪の少年が仲間たちに声をかけ、猛然と走りだした。残りの二人が慌《あわ》てて後《あと》を追う。

三人は路地を走り抜け、ひとまず公園通りまで逃げた。誰かが追ってくる気配はなかった。

「さっきの女、大丈夫かな?」

「ちょっと気になるね。様子を見に行くか」

「そうだな」

少年たちは相談の結果、センター街に引き返した。

物陰から恐る恐る往来をうかがうと、さきほどBB弾を浴《あ》びせた女の姿は見当たらなかった。救急車も駐《と》まっていない。

三人は安堵《あんど》した。

その直後、リーダー格の少年が顔をしかめた。仲間の二人は長髪の少年の視線をなぞった。その先には、会いたくない人物の姿があった。通称ジョージという元チーマーで、遊び人の高校生だ。

三人の少年は幾度か、センター街の路上で小遣《こづか》いを巻き上げられていた。毎回バタフライナイフで脅《おど》され、三人ともまったく抵抗できなかった。思い出すだに腹立たしい。

ジョージは最近、高校生読者モデルとして、若者向け雑誌のグラビアをちょくちょく飾っている。センター街では、ちょっとした有名人だ。

甘いマスクで、背も高い。父親は国立病院の心臓外科部長である。ジョージは、覚醒剤《スピード》と大麻《ガンジャ》の常習者としても知られていた。

「あいつ、読者モデルをやりはじめてから、前より態度でかくなったよな。厭《いや》な野郎だっ」

長髪の少年が憎々しげに言った。すると、仲間のひとりが即座に応じた。

「ほんと、頭にくるよな」

「ジョージはひとりだぜ。仕返ししよう」

「けどさ、相手が悪いよ」

「中学生《チューボー》だからって、なめられっ放しじゃ締《し》まらねえじゃねえか」

「でもさあ」

もうひとりの仲間も怖《お》じ気《け》づいた。

「おまえら、根性ねえな。悔しくねえのかよっ！　え？」

「悔しいことは悔しいけどさ」

「至近距離で奴の目ん玉を狙おう。三人で一斉に撃てば、必ず一発ぐらい命中するよ」

リーダー格の少年は二人の仲間を等分に見て、改造エアガンの弾倉《マガジン》にＢＢ弾を詰めた。仲間の二人は押し切られた形で、長髪の少年と同じようにフル装弾した。

三人は目配せし、ジョージの行く手に立ちはだかった。

ほぼ横一列だった。まだ改造エアガンは腰の後ろに隠している。

「おまえら、とんがった面《つら》してんな」

ジョージがフード付きの青いパーカのポケットから、ゆっくりと両手を引き抜いた。

両手に六つも指輪を嵌《は》めていた。どれも大ぶりだった。耳朶《みみたぶ》、小鼻、唇には、金色のピアスを光らせている。頭髪は赤と緑のメッシュだ。

「おれたちの金、返せよ」

リーダー格の少年が震え声で言った。

「金を借りた覚えはないぜ」

「何度も恐喝《カツアゲ》したろうが！」

「誰かと間違えてんじゃねえの？」

ジョージが、せせら笑った。

長髪の少年が気色《けしき》ばみ、改造エアガンの銃口をジョージの顔面に向けた。

「金を返さなかったら、おまえの目玉をこれで潰《つぶ》すぞ。それでもいいのかよっ」

「くそガキどもが」

ジョージが舌打ちし、腰のあたりを探《さぐ》った。引き抜いたのは、マウザーM2だった。

スイスで開発され、ドイツで製造されている大型自動拳銃だ。

「それ、もしかしたら、本物⁉」

「本物《モノホン》かどうか、おまえらに教えてやらあ」

「やめろ、やめろよ」

リーダー格の少年は後ずさり、急に身を翻《ひるがえ》した。

仲間の二人もジョージに背を見せた。三人は、われ先に逃げていった。

ジョージは少年たちの背に罵声《ばせい》を浴びせたが、彼らを追うことはなかった。パーカの裾《すそ》でマゥザーM2を巧みに隠し、自然な足取りで近くのレストランに入っていった。

ジョージはレジの横でパーカのポケットから一葉《いちよう》のカラー写真を抓《つま》み出し、何秒か眺《なが》めた。それから彼は、一階のテーブル席を見回した。

「おひとりさまですね。ただいま、お席にご案内します」

ウェイトレスが恭《うやうや》しく言った。

「飯を喰《く》いに来たんじゃねえんだ」

「どういうことなのでしょう？」

「すぐにわかるよ」

ジョージは意味ありげに笑い、二階に駆け上がった。

そのフロアには、男の客と母子連れらしい客の二組しかいなかった。ジョージは、男のいるテーブルにつかつかと歩み寄った。サーロインステーキを食べていた四十代半ばの男が顔を上げる。

「あんた、宮原修平《みやはらしゅうへい》だな？」

「そうだが、きみは？」

「名乗るわけにはいかねえんだよ」

ジョージは中年男と向かい合う位置に回り込み、マウザーM2のスライドを引いた。

「なんの真似《まね》なんだっ」

「あんた、あこぎに儲《もう》けてんだってな。そういうのは、よくないぜ」

「きさま、どこのチンピラだっ。おい、誰に頼まれた？」

宮原が言いながら、勢いよく立ち上がった。弾みで、ナイフとフォークが床に落ちた。

ジョージは無造作にマウザーM2の引き金を絞った。放たれた銃弾は、宮原の腹部に埋《う》まった。硝煙がたなびく。

ジョージは、すぐさま立てつづけに二弾目と三弾目を放った。

重くくぐもった銃声が轟《とどろ》き、空薬莢《からやっきょう》が宙を舞う。鮮血と肉片も飛び散った。

顔面を撃ち砕かれた宮原は、椅子《いす》ごと後方に倒れた。

ほとんど同時に、奥のテーブル席で幼い悲鳴があがった。十歳ほどの少女が椅子から転げ落ちた。

背後の壁には、赤い斑点《はんてん》が散っていた。血しぶきだ。

「詩織《しおり》ーっ！」

母親と思われる三十六、七歳の美しい女が高く叫び、少女を抱き起こした。流れ弾《だま》が少女の首筋を貫いたのだ。

ジョージは宮原を見下ろした。

宮原は、すでに息絶えていた。顔面は、踏み潰《つぶ》されたトマトのようだった。

ジョージは拳銃を手にしたまま、一気に階段を駆け降りた。店の外に飛び出そうとしたとき、いきなり突き飛ばされた。

ジョージはレジの台に頭を強くぶつけ、床に倒れた。横向きだった。

すかさず支配人らしい三十男が覆《おお》い被《かぶ》さった。

ジョージはマゥザーM2を奪い取られ、利《き》き腕《うで》を捩《ねじ》上げられた。大声で痛みを訴えた。

「早く一一〇番してくれ。それから、救急車も呼ぶんだ」

支配人らしい男が、怯《おび》えているウェイトレスに大声で命じた。

渋谷署の署員たちが事件現場に到着したのは、およそ七分後だった。

ジョージは殺人の容疑で緊急逮捕された。射殺された男は所持していた運転免許証や名刺から、不動産コンサルタントの宮原修平と判明した。四十五歳だった。

運悪く流れ弾を受けた少女は母親に付き添われ、救急車で近くの救急病院に運ばれた。ただちに手術を受け、幸いにも一命は取り留《と》めた。

だが、麻酔が切れても依然として昏睡《こんすい》状態を脱していない。少女は井出《いで》詩織という名で、小学四年生だった。

渋谷署に連行されたジョージは今村《いまむら》譲司《じょうじ》という本名を明かしたきりで、その後は完全黙秘している。警視庁は渋谷署に捜査本部を設けることになるだろう。

第一章　流れ弾《だま》

1

札束が重ねられた。

帯封の掛かった百万円の束が二十束だった。

瀬名渉《せなわたる》は卓上の札束を眺《なが》め、目を細めた。悪くない成功報酬だ。

「あなたのおかげで、会社を倒産させずに済みそうです。本当にありがとうございました」

コーヒーテーブルの向こうに坐《すわ》った久門万梨《くもんまり》が、深々と頭《こうべ》を垂れた。

代々木にある久門邸の応接間だ。渋谷で発砲事件が起きた日の午後八時過ぎだった。

二十六歳の万梨は、事務機器販売会社の二代目社長である。二年前に両親がスイス旅行中に客死したため、ひとりっ子の彼女が父親の会社を引き継いだわけだ。

「これからは、うまい話には飛びつかないことですね」

「ええ、気をつけます。それにしても、商品取り込み詐欺《さぎ》に引っかかるなんて、未熟すぎますよね。恥ずかしいわ」

「仕方ありませんよ、あなたは深窓《しんそう》育ちのお嬢さんなんだから」

瀬名は言って、セブンスターをくわえた。

「お嬢さんなんかじゃありませんけど、女子大を出てから一度も勤めたことがないので、世間知らずの面があるのでしょうね」

「それは必ずしも短所じゃないと思うな。しかし、百人近い社員を抱えた会社のオーナーなんだから、少しは世事に塗《まみ》れたほうがいいでしょう」

「おっしゃる通りだと思います」

万梨は神妙な顔つきで答えた。楚々《そそ》とした美人だ。色白で気品があった。

若い女社長は、取り込み詐欺常習の事件師に総額二億数千万円分のＯＡ機器、机、キャビネット、応接セットなどを騙《だま》し取られてしまったのだ。二カ月前の出来事である。

詐欺の舞台になったのは、千代田区内にある休眠会社だった。

掲《かか》げられた会社の看板は、有名企業に似通っていた。事実、事件師は超一流企業の子会社と偽った。

万梨は舞い込んだ大口注文に小躍《こおど》りした。それでも、まったく取引のない会社である。女社長は、やはり不安だった。

一応、新たな取引先を訪ねてみた。すると、二十代の社員たちが忙《せわ》しげに立ち働いていた。それで万梨はすっかり事件師を信用してしまい、手形取引に応じた。振り出された手形を偽造だと見抜いたのは、長いこと亡父に仕《つか》えてきた番頭格の専務だった。すでに納品を終えていた。

蒼《あお》ざめた万梨は、専務と一緒に新規の取引先に出向いた。会社は蛻《もぬけ》のからだった。納めた商品も消えていた。後に、会社にいた者たちは就職情報誌などの求人広告で搔《か》き集めたアルバイターと知る。

若い女社長は、すぐに警察に被害届を出す気になった。しかし、専務はそれに反対した。会社の恥を晒《さら》し、信用を失うことを恐れたからだ。

専務は弁護士の力を借りることにも消極的だった。二代目社長の失策が世間に知れ渡ることを避けたかったのだろう。

思い余った万梨は、女子大時代からの友人に相談を持ちかけた。その友人は、瀬名とは親しい間柄だった。

三十三歳の瀬名はフリーのマーケティング・リサーチャーを装っているが、その素顔は凄腕《すごうで》の暴《あば》き屋だ。

裏社会で暗躍している極悪人どもの犯罪やスキャンダルを嗅《か》ぎつけ、彼らから悪銭《あくせん》を脅《おど》し取っていた。といっても、ただの強請屋《ゆすりや》ではない。

悪党どもに餌食《えじき》にされた企業の再建にも手を貸している。さまざまなアイディアを提供し、多額の報酬を得ていた。そんなことから、〝再建屋〟とも呼ばれている。

親しい女友達から万梨の相談に乗ってほしいと頼まれても、瀬名は首を縦に振らなかった。

ごく一部の人間にしか裏稼業のことは明かしていなかったからだ。しかし、金になりそうな相談には大いに興味があった。

数日後、瀬名は女友達には内緒でこっそり万梨の会社を訪ねた。若い美人社長には裏稼業のことを打ち明け、取り込み詐欺犯捜しを引き受けた。

瀬名は事務機器を専門に扱っている現金問屋やOA機器の代理店を虱潰《しらみつぶ》しに歩き、犯人が取り込んだ商品をさいたま市郊外の貸倉庫にそっくり隠しているという情報を摑《つか》んだ。事件師は、ほとぼりがさめたころに騙し取った商品を売り捌《さば》く気だったらしい。

瀬名はバッタ屋のひとりに小遣《こづか》いを握らせ、犯人の自宅を探《さぐ》り出させた。

その家に踏み込んだとき、五十代の事件師は愛人のタイ人女性とベッドの上で痴戯《ちぎ》に耽《ふけ》っていた。

瀬名は、無防備だった詐欺犯を容赦なく痛めつけた。

顔面を血に染めた事件師は泣き声で、貸倉庫のある場所を喋《しゃべ》った。瀬名はすぐに万梨に連絡し、全商品を引き揚げさせた。犯人からは、一千万円の小切手をせしめた。口止め料である。

「よろしかったら、コーヒーをどうぞ」

万梨が言った。

瀬名は短くなった煙草《たばこ》の火を揉み消し、コーヒーカップを持ち上げた。ブラックのままで口に含む。ブルーマウンテンだった。

「あなたがトラブル・シューターのようなことをなさってるとは、ちょっと意外でした」

「凄みがない？」

「ええ、荒っぽい感じじゃありませんもの。どちらかと言えば、優男《やさおとこ》タイプに見えます」

「そうですか」

「でも、お強いんでしょうね。当然、何か格闘技を心得てらっしゃるんでしょ？」

「別に何も格闘技は……」

「それなら、ずいぶん度胸がおありなのね」

「腕力も度胸もないんですよ。ただ、欲が深いだけです」

「そんなふうには見えません」

万梨が首を横に振って、コーヒーカップの把手《とって》に白いしなやかな指を添えた。パーリーピンクのマニキュアが美しい。

瀬名は無頼な日々を過ごしているが、昔から荒《すさ》んでいたわけではなかった。

超一流私大工学部の大学院で修士号を取ると、彼はアメリカの薬物研究所に入った。研究員の仕事は愉《たの》しかった。張りもあった。研究所には、十数名の外国人スタッフがいた。

瀬名は、カナダ人の女性研究員と熱い恋におちた。シンディという名で、二つ年下だった。

やがて、二人は同棲《どうせい》するようになった。瀬名は一人前の研究者になったら、シンディと正式に国際結婚する気でいた。

しかし、同棲生活二年目に思いがけない不幸に見舞われた。シンディが帰宅途中にストリートギャングに射殺されてしまったのだ。犯人グループの狙《ねら》いは、わずかな現金とクレジットカードだった。

シンディには気丈な面があった。犯人たちと揉み合い、ショルダーバッグを素直に渡そうとしなかった。

それが仇《あだ》となってしまった。激情に駆られた犯人グループのひとりは、シンディの顔面にマグナム弾をまともに浴《あ》びせた。別の仲間は彼女の腹部を撃った。むろん、シンディは即死だった。

ショックは大きかった。

瀬名は悲しみに打ちひしがれ、酒に溺《おぼ》れた。酔いが深まると、いっとき気持ちは楽になる。

だが、悲しみは癒《いや》されなかった。

酔いが醒《さ》めると、犯人たちへの憎しみと憤《いきどお》りがきまってマグマのように噴《ふ》き上げてきた。数カ月後には、復讐心《ふくしゅうしん》だけが胸底に横たわっていた。

警察の捜査は難航したままだった。最悪の場合、事件は迷宮入りになってしまうかもしれない。そうなったら、シンディは浮かばれないだろう。

瀬名は、自力で犯人たちを捜す決意をした。それこそ猟犬のように走り回り、半月後にはとうとう犯人グループを突きとめた。

札つきのやくざども《ギャングスター》だった。まともに闘ったら、返り討ちにされかねない。

瀬名は薬学の知識を活《い》かして、手製の時限爆弾を密《ひそ》かにこしらえた。シンディを虫けらのように葬《ほうむ》った犯人たちを車ごと爆殺したのは、それから一週間後だった。

瀬名は慎重に犯行に及んだ。

そのせいで、捜査の手が自分に伸びてくることはなかった。そのまま研究員生活をつづけることもできたが、シンディのいないアメリカに留《とど》まる気持ちにはなれなかった。

復讐を遂げた瀬名は研究所を辞め、すぐさま帰国した。二十八歳の秋のことだ。

それまで前向きだった人生観は、すっかり変わってしまった。瀬名はシンディの死で、人の命の儚《はかな》さをつくづく思い知らされた。

地道な努力を重ねても、それが報《むく》われるという保証はない。夢を追い求めて熱く生きたところで、生の終わりは不意にやってくる。

ならば、きょう一日を最大限にエンジョイすべきではないのか。そうした思いが日ごとに強まり、瀬名は享楽的《きょうらくてき》な生き方をすることにした。三十二歳のときだった。

もともと遊ぶことは嫌いではなかった。瀬名は雑多な職業に就きながら、女遊びにうつつを抜かした。昔から、女たちには好かれるほうだった。

瀬名は上背があり、マスクも悪くない。そこそこの教養もあって、話題も豊富だ。女たちと愉しい時間を過ごすには、それなりの金がかかる。勤め人の給料では、とても足りない。

といって、禁欲的《ストイック》な暮らしをする気にはなれなかった。そこで、瀬名は悪党どもの金で優雅に暮らしていくことに決めたわけだ。こうして彼は、裏稼業で荒稼ぎするようになったのである。

別段、オフィスを構えているわけではない。それでも口コミで、いろいろな相談事が持ち込まれる。

　危険を伴う仕事なだけに、実入りは悪くない。瀬名は依頼人から成功報酬を貰《もら》い、ついでに悪事の首謀者からも巨額を吐き出させていた。ここ数年、年収は常に一億円を超えている。

　たった半年で、六億円を稼いだこともあった。経費は、たいしてかからない。事務所も必要ない。スマートフォンとノートパソコンがあれば、情報集めはできる。実際、おいしいビジネスだった。

「それじゃ、報酬をいただきます」

　瀬名は膝《ひざ》の上で箱型のジュラルミンケースの蓋《ふた》を開け、二千万円の札束を収めた。蓋を閉じたとき、万梨が恥じらいをにじませた声で切り出した。

「実は、もう一つ瀬名さんにお願いがありますの」

「改まって何なんです？」

「わたし、まだ男性の体験がないんです」

「ご冗談を……」

「本当なんです」

「驚いたな。だって、もう二十六でしたよね？」

　瀬名は確かめた。

「ええ、そうです。いまどき信じられないことかもしれませんけど、ちゃんと男性の体を受け入れたことがないんですよ」

「いま、ちゃんとと言いましたよね？」

「はい。女子大生のときに、ボーイフレンドと体験寸前までいったことはあるんです。でも、相手のリードが悪かったんでしょうね。激痛を覚えて、とても深くは受け入れられなかったんです」

「そうですか。若い男は、がむしゃらだからな」

「そうなんでしょうね。ご迷惑でなかったら、わたしの初体験のパートナーになってもらえませんでしょうか？」

「弱ったな」

「もちろん、二人だけの秘密にしていただきたいんです」

「それは守りますよ。しかし、いままで大事にしていたものをここで何も棄《す》てなくてもいいと思うがな」

「この年齢《とし》でまだヴァージンだってことが、とっても重荷なんですよ。一日も早く棄ててしまいたいんです。わたしみたいな女には、興味ありません？」

万梨が探るような眼差《まなざ》しを向けてきた。

「大いに興味はありますよ。しかし、正直なところ、戸惑ってるんです。なにしろ、こんなことは初めてなんでね」

「ご迷惑でしょうけど、なんとかご協力願えませんでしょうか。それなりのお礼はさせていただくつもりです」

「金なんかいりませんよ。わかりました。あなたがその気なら、協力しましょう。寝室に案内してください」

瀬名は迷いをふっ切った。

万梨が大きくうなずき、意を決したように勢いよく総革張りの黒いソファから立ち上がった。瀬名もジュラルミンケースを手にして、おもむろに腰を浮かせた。

広い応接間を出ると、万梨は階段を昇りはじめた。瀬名は彼女の後に従った。

導かれたのは、二階の広い洋室だった。

二台のシングルベッドが並び、部屋の隅には小さなシャワールームがあった。どうやら客間として使われているらしい。

「わたし、ざっとシャワーを浴びてきます」

万梨が言いながら、ベッドとベッドの間にある小さな灯《あか》りを点《つ》けた。ほどよい明るさになった。窓はカーテンで塞《ふさ》がれている。

「シャワーは、後でいいでしょう?」

瀬名は札束の詰まったジュラルミンケースをドアの近くに置き、ゆっくりと万梨に歩み寄った。

「優しく抱いてくださいね」

万梨が小さく囁《ささや》き、瀬名の胸の中に飛び込んできた。

瀬名は両腕で万梨を抱いた。

万梨の体は、かすかに震えている。瀬名は背をこごめ、万梨の形のいい唇をついばみはじめた。少し経《た》つと、万梨がおずおずとついばみ返してきた。

瀬名は万梨の震えが熄《や》むまで、バードキスを繰り返した。それから、穏やかに舌を絡めた。

ディープキスを何度か交わし、二人は狭いベッドに身を横たえた。

瀬名はキスの雨を降らせながら、万梨の体を愛撫《あいぶ》しはじめた。服の上から乳房を揉みたてると、早くも万梨は喘《あえ》ぎはじめた。反応は悪くない。

瀬名は相手の恐怖心が薄れるまで、幾度も万梨の体の線をなぞった。

頃合を計って、万梨の衣服を一枚ずつ脱がせはじめる。瀬名は薄紙を剝《は》ぐような気持ちで、万梨を裸にした。

自分も手早く身につけているものをかなぐり捨て、改めて胸を重ねる。乳房が弾んだ。ラバーボールのような感触だった。

「自分の心臓の音が聞こえそうだわ」

万梨が上擦《うわず》った声で言った。

「何も心配はいらないよ」

「は、はい」

「もっとリラックスして」

瀬名は優しく言って、痼《しこ》った乳首を交互に口の中で転がしはじめた。そうしながら、右手で柔らかな恥毛を梳《す》くように撫でる。指先が敏感な芽に触れるたびに、万梨は甘やかな呻《うめ》きを洩らした。裸身も震わせた。

小さな突起を慈《いつく》しむと、呻き声は一段と高くなった。双葉に似た部分は肥厚《ひこう》し、火照《ほて》りを帯びている。

瀬名は、万梨の体が充分に潤《うる》むまで急《せ》かなかった。

ほどなく万梨の体の芯《しん》は、熱くぬかるんだ。いつからか、合わせ目は綻《ほころ》んでいた。

瀬名は濡《ぬ》れてぬめった二枚の花弁を大きく捌《さば》き、中指を浅く埋《う》めた。その瞬間、万梨の体が強張《こわば》った。

「大丈夫だよ。決して乱暴には扱わない」

瀬名は子供を諭《さと》すように話しかけ、指を小さく動かしつづけた。そうこうしているうちに、徐々に膣口《ちつこう》が拡《ひろ》がりはじめた。

瀬名の欲望は、まだ息吹《いぶ》いていなかった。

万梨の片手を取って、自分の股間《こかん》に引き寄せる。彼女は反射的にいったん手を引っ込めたが、ためらいがちに瀬名の性器を握った。しかし、ただ握ったままだ。

「手を動かしてくれないか」

瀬名は注文をつけた。

万梨がようやく手を動かしはじめた。

一本調子で、まるで技巧はなかった。それでも、瀬名の体は反応しはじめた。何か物足りない気もしたが、男性体験のない万梨にフェラチオを強《し》いるわけにもいかない。

やがて、瀬名は体を重ねた。

ペニスの先端をゆっくりと潜《くぐ》らせ、しばらく動かなかった。襞《ひだ》の息づきが伝わってくる。

「どう？」

「痛みは感じません」

「ゆっくり息を吐いてくれないか」

「え？」

「人間の体の開口部は息を吐いたときに少し緩むんだ」

「わかりました」

万梨が大きく息を吸って、少しずつ吐きはじめた。

瀬名は徐々に奥に進んだ。時たま、万梨がわずかに眉根《まゆね》を寄せる。そのつど、瀬名は静止した。

「ほとんど痛みは感じません。そのまま、どうぞ深く入ってきて」

万梨が言った。

瀬名は静かに分け入った。少し肉が軋《きし》むような感覚があったが、深く結合した。出血もなかった。

「ああ、これで重い荷物を下ろすことができました」

万梨は感動したような口ぶりだった。

瀬名は腰をダイナミックに躍らせたい衝動を抑えて、恥骨を密着させた。腰をグラインドさせ、肉の芽を刺激する。

数分過ぎると、万梨が小さなクライマックスを味わった。初体験で極みに達するケースは珍しい。もともと万梨は性感が鋭いのだろう。

先が楽しみな女だ。

瀬名は胸底で呟《つぶや》き、小さな律動を刻みはじめた。

それから間もなく、ベッドの下でスマートフォンが鳴りはじめた。瀬名のスマートフォンだった。

「野暮な電話だ。放っとこう」

「かまわないんですか?」

「いいさ。こっちは取り込み中なんだ」

「うふふ」

万梨が、さもおかしそうに笑った。内奥《ないおう》からも笑いを感じ取れた。着信音は、いっこうに沈黙しない。

「どうも気が散るね。ちょっと失礼!」

瀬名は昂《たか》まりをそっと引き抜き、ベッドから降りた。

テンセルの上着の内ポケットから、スマートフォンを取り出す。瀬名はスマートフォンを耳に当てた。と、三つ違いの実姉の由紀子《ゆきこ》の切迫した声が響いてきた。

「渉、大変なことが起きたの」

「おふくろが倒れたのか?」

「ううん、そうじゃないの。夕方、詩織がわたしと渋谷のレストランで食事中に流れ弾に当たって、重体なのよ」

「なんだって⁉」

瀬名は心底びっくりした。

姪《めい》の詩織は姉夫婦のひとり娘で、まだ小学四年生だった。父親の井出慎之介《しんのすけ》は商社マンだが、一年数カ月前からロンドンに単身赴任している。

「もう手術は済んだんだけど、まだ意識不明なのよ。わたし、詩織に万が一のことがあったら、とても生きてはいられないわ。だって、あの子を渋谷に連れ出したのは、わたしなんだもの」

「姉貴、落ち着けよ。詩織は死んだりするもんか」

「でも、まったく意識がないのよ。植物状態で横たわってるだけなの」

「病院はどこ？」

瀬名は早口で訊《き》いた。姉が渋谷にある有名な救急病院の名を告げた。

「いま、代々木にいるんだ。これから、すぐ病院に向かうよ」

「お願い、早く来てちょうだい」

「わかった」

瀬名は通話を切り上げると、万梨に姪のことを手短に話した。

「すぐに行ってあげて」

「悪いが、そうさせてもらう」

「わたしがおかしなことを頼まなければ……」

万梨が済まなそうに言って、上体を起こした。豊かな胸は毛布で隠されていた。

瀬名は身繕《みづくろ》いをするとジュラルミンケースを抱えて寝室を出た。そのまま外に飛び出し、路上に駐《と》めてある濃紺のサーブに乗り込む。

スウェーデン製の車だ。走行距離は、まだ二万キロに満たない。エンジンは快調だった。

瀬名はサーブを急発進させた。

2

痛々しい光景だった。

十歳の姪は集中治療室《ICU》のベッドに横たわっていた。細い首には分厚いガーゼが当てられ、二つの鼻腔には透明なチューブが挿《さ》し込まれている。

瀬名は、怒りで全身が熱くなった。

危うく緑色の滅菌帽《めっきんぼう》を毟《むし》り取って、床に叩きつけそうになった。気持ちを鎮《しず》めて、詩織のベッドに歩み寄る。

詩織は死んだように動かない。呼吸音だけが、やけに高く響いている。

「ひどい目に遭《あ》ったな」

瀬名は姪の額にそっと手を当てた。温《ぬく》もりが掌《てのひら》に伝わってきた。

「詩織、起きてちょうだい。早く目を覚まして！」

姉の由紀子が涙声で言い、愛娘《まなむすめ》の体を揺さぶった。

瀬名は居たたまれない気持ちになった。

詩織は明るい素直な子供だ。叔父の瀬名にも懐《なつ》いていた。姉夫婦にとって、詩織はまさに宝だった。

そんな少女が痛ましい姿で寝ている。死の影は遠ざかったとはいえ、確実に意識が蘇《よみがえ》るという保証はなかった。

姉の話によると、流れ弾は詩織の首筋を貫通した際《さい》に、いくつかの運動神経まで傷つけたらしい。このまま、姪が寝たきりになる恐れもあるという。

「詩織、早くお母さんと一緒に浜田山《はまだやま》のお家に帰ろう。ね、詩織！」

由紀子が今度は娘の肩を強く揺り動かした。

と、担当の看護師が困惑顔で言った。

「お母さん、まだ絶対安静の体ですので……」

「ごめんなさい、つい取り乱してしまって」

「きっとお嬢さんは意識を取り戻しますよ」

「いまは、それを祈るばかりです」

由紀子が放心した表情で答え、娘の髪の毛を撫ではじめた。いとおしげな手つきだった。

瀬名は四十年配の看護師に軽く頭を下げ、ひと足先に集中治療室を出た。

滅菌帽と滅菌服を脱ぎ、近くのビニールレザー張りのベンチに腰かける。ひとりでに、溜息《ためいき》が出た。

数分待つと、目を潤《うる》ませた姉が廊下に出てきた。由紀子は、瀬名のかたわらに浅く坐った。

「おふくろと親父は？」

「もうじき、ここに来ると思うわ」

「そうか」

会話が途切れた。

瀬名の実家は信州の松本市内にある。六十七歳の父は、小さな商事会社を経営していた。母は専業主婦だ。

「井出は明朝、ロンドンを発《た》つって」

「義兄《にい》さん、びっくりしたろうな。詩織は、彼の小さな恋人だからね」

「電話の向こうで泣いてたわ」

「そうだろうな。ところで、流れ弾を受けたときのことを詳しく話してくれないか」

瀬名は促《うなが》した。姉の由紀子が腹立たしげな表情で、被害時のことを詳しく語った。

「犯人について、刑事から何か聞かされた？」

「ええ。今村譲司という高校二年生で、渋谷の元チーマーだとかって話だったわ。通称ジョージっていうんだって。京陽大学の附属高校の生徒で、父親は国立病院の心臓外科部長らしいわ」

「チーマーだった連中は、良家の子弟が多いんだ」

「ちゃんとした家庭の子がなんだって凶悪な殺人事件を……」

「いまの子供たちは、大人以上にストレスを溜《た》め込んでるからな」

「だからといって、あんなめちゃくちゃなことをやるなんて、クレージーよ」

「それは、その通りだね。ジョージに射殺されたという中年男について、刑事はどう言ってた？」

「レストランで撃たれた男性は、宮原修平という不動産コンサルタントだそうよ。四十五歳だと言ってたわ」

「その男は、どんな感じだった？」

　瀬名は畳みかけた。

「詩織とお喋りに熱中してたから、被害者のことは撃たれるまで気がつかなかったのよ。倒れたときにちらりと見ただけなんだけど、ちょっと柄が悪そうだったわ」

「やくざ風だったのか」

「暴力団の組員じゃないかもしれないけど、まともな市民という感じではなかったわね」

「半グレかもしれないな。さっきの姉貴の話だと、ジョージは宮原という男とは一面識もなかったはずだ」

「ええ、それは間違いないわ。犯人の高校生は被害者の名前を確かめてから、拳銃で撃ったんだから」

「ということは、ジョージは誰かに頼まれて宮原を射殺したんだと思われるな」

「そうなんだろうね。犯人の友達か誰かが宮原という男性に何かされたのかしら？　それで、その仕返しをしたんじゃない？」

姉が言った。

「そうだったのかもしれないな。それはそうと、警察は凶器については、どう言ってた？」

「そのことについては何も言ってなかったわ」

「犯行に使われたのは、改造拳銃だったんだろうか」

「そうなんじゃない？　アメリカじゃないんだから、まさか高校生が本物のピストルを持ってるなんてことはないわよ」

「そうとも言い切れないんだ。暴力団新法ができてから、闇社会でだぶついてた銃器が一般社会にかなり流れてるという話だからな。それに、不法滞在の外国人たちが母国から銃器を日本に持ち込んでるらしい」

「そういう話はテレビの特集番組で知ってるけど」

「アメリカほどじゃないが、日本も銃社会になりつつあるんだよ。現に中国でパテント生産されたトカレフは大量に出回ってる。ノーリンコ54と呼ばれてるんだ。最近は、ごく真っ当なサラリーマンなんかも持ち歩いてるみたいだな」

「そういえば、先月、六本木でばか騒ぎしてた外国人グループに証券会社の営業マンが拳銃を突きつけたという事件があったわね」

「その事件は、おれも知ってるよ」

「そう。それにしても、ジョージという高校生が真正銃を使ったんだとしたら、世も末ね」

　由紀子が眉《まゆ》を顰《ひそ》めて嘆いた。

「そうだな。最近はアメリカ型の犯罪が増えてるからね」

「悪い世の中になったものだわ。それはそうと、まだしばらく一緒にいてくれるんでしょ？」

「それがそうもしてられないんだ」

「仕事？」

「ああ、大きな市場調査の依頼が舞い込んだんだよ」

　瀬名は、もっともらしく言った。姉には内緒で、詩織を巻き添えにした事件の真相を探《さぐ》ってみる気になっていた。

ジョージという高校生は、なぜ一面識もない不動産コンサルタントを撃ち殺したのか。警察に身柄を押さえられた犯人に、それを直《じか》に問うことはできない。

姪を辛《つら》い目に遭わせた加害者は赦《ゆる》しがたかった。といって、まさか渋谷署に乗り込むわけにもいかない。

また、瀬名は事件の裏に何かからくりがあるような気がしてならなかった。それは、暴き屋の直感だった。

「冷たいのね」

「え？」

「あんたにとって、詩織はたったひとりの姪っ子でしょうが。せめて今夜一晩ぐらいは、ここにいてくれてもいいでしょうに」

「調査報告日まで、もう時間がないんだよ。できるだけ病院に来るようにするから、勘弁してくれないか」

「身内よりも自分の仕事のほうが大事だってことね」

姉が皮肉たっぷりに言った。

「おれが姉貴と一緒に付き添っても、詩織には何もしてやれない。おれはドクターじゃないからね」

「わたしひとりじゃ、心細いのよ」

「娘っ子みたいなことを言うなって。間もなく親父たちが来るって言ってたじゃないか」

「年寄りなんか頼りにならないわ」

「相変わらず、わがままだな。姉貴は子供のときとちっとも変わってないね」

「生意気言わないでよっ」

「できるだけ見舞いに来る。これ、返しといてくれないか」

瀬名は丸めた滅菌服と帽子を姉に押しつけ、ベンチから腰を浮かせた。由紀子が何か不満を洩らしたが、そのままエレベーターホールに向かう。

救急病院の通用口から外に出たとき、スマートフォンが上着の内ポケットで振動した。病院に入るとき、マナーモードに切り替えておいたのだ。

「何時ごろ、こっちに来るの？」

中平彩乃《なかひらあやの》が開口一番に訊いた。

恋人のひとりだ。二十七歳で、大手レコード会社のディレクターである。

瀬名には、七人の恋人がいた。いずれも二十代の美女だ。そのうちのひとりは未亡人だった。

瀬名の自宅マンションは笹塚《ささづか》にある。しかし、塒《ねぐら》に帰る日は少ない。ふだんは、七人の女の家を順に泊まり歩いていた。

「ちょっと急用ができたんだ。今夜は、きみのマンションに行けないかもしれない」

「そうなの。残念だわ」

「何か手料理でもこしらえて待っててくれたのかな?」

「ううん。ちょっとセクシーなランジェリーを買ったのよ。今夜は、それを身につけてムードを盛り上げようと考えてたの」

「それは悪かったな」

「いいの、気にしないで。それより、何かあったんじゃない?」

「いや、別に何もないよ」

「なんだか声のトーンが沈んでるようだけど」

彩乃が言った。

「鋭いな」

「何があったの? 力になれるかどうかわからないけど、話してみてくれない?」

「たいしたことじゃないんだ。ちょっと仕事でポカをやっちまったんだよ」

瀬名は一瞬、姪のことを口走りそうになった。

しかし、すぐに思い留《とど》まった。これまで七人の女たちには極力、プライベートなことは話さないできた。

それには、理由があった。瀬名は七人の恋人たちにそれぞれ惚《ほ》れていた。だが、恋人たちの誰かと結婚する気はなかった。個人的な話をしたら、相手に気を持たせることになる。それは罪つくりだろう。

「そうなの」

「近々、おれのほうから連絡するよ」

「ええ、そうして」

彩乃が電話を切った。彼女は、七人の中で最も性格がさっぱりしていた。

まずは、渋谷で今村譲司に関する情報を集めるか。

瀬名はスマートフォンを上着の内ポケットに戻し、病院の駐車場に足を向けた。

サーブのエンジンを始動させると、またスマートフォンが着信した。電話をかけてきたのは、大学時代からの親友の氏家拓也《うじいえたくや》だった。

「暇だったら、おれんとこ遊びに来ないか。弟子から福井の地酒を貰ったんだ。たまには、二人で飲み明かそう」

氏家は実戦空手の道場主で、整体治療院も経営している。

道場と治療院は、東急東横線の学芸大学駅の近くのマンションの一階にあった。同じ建物の一室を住まいにしていた。

「とても酒を飲む気分じゃないんだ」

「女たちを弄《もてあそ》んでるんで、何か天罰が下《くだ》ったようだな。いい機会だ。瀬名、しばらく女遊びは慎むんだな」

「おれの身に天罰が下ったわけじゃないんだ」

瀬名はそう前置きして、姪の詩織のことを明かした。

「その事件なら、テレビのニュースで報じられてた。そうか、流れ弾に当たった少女はおまえの姪っ子だったのか。運が悪かったな」

「氏家《ウジ》、また協力してもらうことになるかもしれないぞ」

「おまえ、事件に首を突っ込む気だな。しかし、確か犯人の高校生は緊急逮捕されたはずだが……」

「ああ。姉貴が刑事から聞いた話によると、犯人は通称ジョージと呼ばれてる元チーマーらしい。本名は今村譲司で、京陽大附属高校の二年生だそうだ」

「テレビニュースでは犯人が未成年なんで、単に男子高校生という表現をしてたよ」

「だろうな。テレビニュースで、凶器のことに触れてた？」

「ああ。犯行に使われたのは、マゥザーM2だと言ってたよ」

「それはモデルガンを改造した拳銃じゃなく、真正銃なんだろうか」

「改造銃云々《うんぬん》とは言ってなかったから、おそらく本物の自動拳銃なんだろう」

「だろうな。おれは、事件の裏に何かありそうな気がしてるんだ。射殺された宮原修平って奴は、姉貴の目には素《す》っ堅気《かたぎ》には見えなかったらしい」

「テレビに被害者の顔写真が映し出されたんだが、おれも宮原は堅気じゃないなと感じたよ。職業は不動産コンサルタントらしいがな」

「氏家《ウジ》、いつものように叔父さんと従弟《いとこ》から宮原に関する情報を集めてくれないか」

「いいとも」

氏家が快諾《かいだく》した。彼の母方の叔父である日下《くさか》貴明《たかあき》は、警視庁組織犯罪対策部第四課の課長だった。

同課は主に組織暴力の取り締《し》まりを受け持っているが、殺人事件や凶悪犯罪を担当している捜査一課とは関わりが深い。

その上、日下の長男の幸輝《ゆきてる》は日東テレビ報道部の若手記者だった。氏家は叔父や従弟から、事件や事故の最新情報を入手できる立場にあった。

現に瀬名は、氏家経由で幾度となく貴重な情報を得ていた。マスコミには伏せられている捜査資料を日下から提供されたことも一度や二度ではない。

空手四段の氏家は瀬名とは正反対で、硬派そのものだ。

酒こそ飲むが、煙草は喫《す》わない。女にも初心《うぶ》で、戯《たわむ》れに恋愛をする男たちを軽蔑《けいべつ》している。

大男で、洒落《しゃれ》っ気もない。ほとんど一年中、作務衣《さむえ》で通している。履物《はきもの》は、たいてい下駄だ。顔は厳《いか》ついが、心根は優しい。

ただ、いい加減な生き方をしている瀬名には口うるさかった。顔を合わせるたびに説教をする。

瀬名はそのことを疎《うと》ましく感じているが、氏家には気を許していた。同志意識めいた気持ちも抱いている。

硬骨漢の氏家の唯一の趣味は、悪党退治だった。腕に覚えのある彼は、めったなことでは怯《ひる》まない。刃物や拳銃にも屈することはなかった。

そうした意味では、実に心強い用心棒だった。これまで瀬名は、たびたび氏家に助太刀をしてもらっていた。

「瀬名、どんな裏があると思ってるんだ？」

氏家がコントラバスのように低い声で問いかけてきた。

「そこまではわからないよ。ただ、宮原とジョージにはダイレクトな接点は何もないはずだ」

「そうみたいだな」

「高二の坊やがなんのためらいも見せずに相手を射殺した。しかも、凶器が真正銃となれば、後ろで糸を引いてる人間がいると考えるのが自然だろう」

「瀬名、それは考えすぎかもしれないぞ。教室では目立たない中学生が女の先生をナイフで刺し殺したり、拳銃欲しさに警官を襲う坊主もいるんだ。ジョージは遊び仲間が宮原に何かされたんで、単純に頭にきただけなのかもしれないぜ」

「そうなんだろうか」

「元チーマーなら、チンピラやくざとも多少のつき合いはあっただろう。凶器のマウザーM2は、顔見知りの暴力団関係者から譲ってもらったんじゃないのかな」

「いまの若者が仲間のため、そこまでやるとは思えないな。自分自身がむかついたりしたら、見境もなく人を殺《や》っちまうかもしれないがね」

「確かに若い奴らは、自分のこと以外にはあまり関心を持たなくなってる。しかし、時代は変わっても、人間の心ってやつはそう変わらないはずさ。親友《マブダチ》と呼べるような友人とか、好きな女の子のために体を張るってこともあるんじゃないのか」

「さあ、どうなんだろうな。とにかく渋谷に行って、ジョージを知ってる連中に当たってみるよ」

瀬名は通話を切り上げた。

3

怒号が耳を撲《う》つ。

複数の乱れた足音も聞こえた。

瀬名は足を止めた。文化村通りから渋谷センター街に抜ける路地だった。九時半を回っていた。

「誰か救《たす》けてくれーっ」

黒いビジネスバッグを胸に抱えた四十二、三歳の男が路地の奥から、懸命に駆けてくる。

二人の十代の少年に追われていた。少年たちは、ともに十六、七歳だ。渋谷系のファッションで身を包んでいる。

「どうしたんです？」

瀬名は、逃げてきた男に声をかけた。

「引っかかっちゃったんですよ」

「何に？」

「美人局《つつもたせ》です。わたし、退屈しのぎに昔から営業してる出会い系クラブに入ったんですよ。気に入った娘《こ》とデートすることになったら、待ち合わせた場所に彼ら二人が……」

男が言って、こわごわ振り返った。

瀬名は男を背の後ろに回り込ませた。二人の少年が鋭く瀬名を睨《にら》みつけてきた。

片方は、もやしのように細かった。もうひとりの少年は中肉中背で、白いスポーツキャップを目深《まぶか》に被っている。

「なんだよ、おっさん」

細身の少年が目を尖《とが》らせた。

「おれは、まだ三十三だ。おっさんはねえだろうが」

「なにゴチャゴチャ言ってんだよっ。それより、何なの？」

「オヤジ狩りは、もう流行遅れなんじゃないのか」

瀬名は少年たちを等分に見た。

スポーツキャップの少年が険《けわ》しい表情になり、ダナキャランの黒いパンツのポケットからバタフライナイフを取り出した。

「ひっ」

瀬名の後ろで、逃げてきた四十男が喉《のど》の奥で声をあげた。

「逃げたほうがいいな」

「いいんですか？」

「こっちは任せてください」

瀬名は言った。ほとんど同時に、男は走りだしていた。逃げ足は速かった。

「てめえ、ふざけやがって」

スポーツキャップの少年がスナップを利かせ、バタフライナイフの刃を振り出した。柄の部分は左右に割れる造りになっている。二つの柄を開くと、ちょうど蝶《ちょう》の羽のように見える。それで、バタフライナイフと名づけられたわけだ。

「てめえ、何様のつもりなんだよっ。あん?」

もやし少年も、いきり立った。

「おれは、ただの通行人だ」

「ざけんじゃねえ! 逃げたおっさんは、おれの女をホテルに連れ込もうとしたんだ。なのに、逃がしやがってよ。どう決着《オトシマエ》つけてくれんだっ」

「子供は家に帰って寝ろ」

「な、なんだと、この野郎!」

瀬名は顎《あご》をしゃくった。

「早く失《う》せろ」

次の瞬間、バタフライナイフを持った少年が突っかけてきた。単なる威嚇《いかく》ではなさそうだ。殺意が感じられた。

瀬名は斜め後ろに退《さ》がった。

腕力はないが、機転を利かせれば、なんとか危機を切り抜けられるものだ。これまでも、そうして何度も命を拾ってきた。

少年がつんのめりそうになりながらも、ナイフを水平に泳がせた。刃《やいば》が風を招《よ》んだ。白っぽい光が揺曳《ようえい》する。

瀬名は、もうひとりの少年との距離を目で測《はか》った。優に三メートルは離れている。二人の少年に同時に襲いかかられる心配はない。

何とかなりそうだ。

瀬名は上着のポケットから、ストロボマシンを摑み出した。手製の目潰《めつぶ》しだ。ペンライトほどの大きさだった。

「てめえ、ぶっ殺してやる！」

刃物を持った少年がスポーツキャップの鍔《つば》を頭の後ろに回し、やや腰を落とした。バタフライナイフは腰撓《だ》めに構えられている。体ごと突っ込んでくるつもりなのだろう。瀬名は瞬《まばた》きを止めた。

少年が地を蹴《け》る。

瀬名はストロボマシンを前に突き出し、スイッチボタンを押した。閃光《せんこう》が走る。

「うっ」

少年が小手《こて》を翳《かざ》し、棒立ちになった。

反撃のチャンスだ。瀬名は弾みをつけて、相手の急所を思いっきり蹴り上げた。少年が片手で股間を押さえながら、前屈《まえかが》みになった。

瀬名は半歩退がって、ふたたび足を飛ばした。前蹴りだ。靴の先が相手の下腹に深く埋まった。少年は呻きながら、さらに身を折った。

瀬名は、少年の頭頂部に強烈な肘打《ひじう》ちを見舞った。

少年は腰を抜かしたように尻《しり》から落ち、横倒しに転がった。バタフライナイフは握りしめたままだった。

瀬名は少年の右腕を蹴った。ナイフが跳ね上がり、暗がりに落ちた。

「おっさん、やるじゃねえか。おれが、おっさんの面《つら》を穴ぼこだらけにしてやら」

痩身《そうしん》の少年が息巻きながら、右手の五指に金属製のキラーナックルを嵌《は》めた。先端部分は鋭く尖っていた。喧嘩道具だ。

「世話を焼かせるガキどもだ」

瀬名は肩を竦《すく》め、ストロボマシンを革ベルトの下に挟んだ。

すぐに上着のポケットから、別の目潰しを取り出す。巾着袋《きんちゃくぶくろ》の中には、唐辛子《とうがらし》と胡椒《こしょう》の混じった砂が詰まっている。やはり、自分でこしらえた護身具だ。

もやし少年がシャドウボクシングの真似をしてから、一気に間合いを詰めてきた。

立ち止まるなり、右腕を大きく後ろに引いた。ロングフックを放つ気らしい。

瀬名は素早く巾着袋の口を緩め、砂飛礫《すなつぶて》を投げつけた。

砂飛礫は相手の顔面に降りかかった。痩せた少年が口の中で呻いて、やみくもに両腕を振り回した。どのパンチも、いたずらに空気を掻き回しただけだった。

瀬名は巾着袋をポケットに突っ込むと、もやし少年を肩で弾いた。

少年は突風に吹き飛ばされたように大きくよろけ、路上に尻餅《しりもち》をついた。

瀬名は踏み込んで、相手の喉仏のあたりを蹴った。少年が手脚を縮め、転げ回りはじめた。

いつの間にか、野次馬が遠巻きにたたずんでいた。

瀬名は中肉中背の少年に歩み寄って、荒っぽく摑み起こした。

「ジョージを知ってるか？」

「顔と名前は知ってるよ。けど、別に友達《ダチ》じゃない。おたく、もしかしたら、少年係？」

「刑事になるぐらいなら、ホームレスになってるよ」

「何屋なの？」

「いいから、おれの質問に答えろ。いいな！」

「わかったよ。でもさ、おれ、ジョージのことはよく知らないんだ。個人的なつき合いはないからね」

少年が警戒する顔つきになった。

「ジョージの溜まり場ぐらいは知ってるだろうが！」

「ランブリングストリートで、ちょくちょく見かけたよ」

「どこなんだ、その通りは？」

「文化村と道玄坂の間にある三百メートルぐらいの通りだよ。ジョージは、『ミラクルランド』によくいた」

「そこは、どんな店なんだ？」

「都市型のテーマパークってやつ。それから、『リンゴリンゴ』にも出入りしてたよ。そこは、レーシングゲームとかポーカーで遊べるんだ」

「ほかに、ジョージの行きつけの店は？」

「スペイン坂の『K』ってクラブには、毎晩行ってたみたいだね。クラブといっても、ホステスのいる店じゃないよ。ＤＪのいる踊れるクラブ。そこに、京陽高や聖和女子高の遊び人が溜まってんだ」

「ジョージは当然、ドラッグもやってたんだろう？」

「渋谷で遊んでる連中は、みんな、覚醒剤《スピード》も大麻《ガンジャ》もやってるよ。ジョージもやってたはずさ。けど、先々月、一斉取り締まりで売人たちが何人も逮捕《パク》られたんで、最近は品薄になってんだ。ドラッグは誰にも迷惑かけるわけじゃないのにさ、警察は余計なことをしやがって。ほんと、頭にくるよ」

「早く家に帰って、小便して寝ろ」

瀬名は少年を突き飛ばし、文化村通りまで駆けた。

舗道には、若い男女があふれていた。圧倒的に十代の後半が多い。二十代半ば過ぎの者は数える程度しかいなかった。中高年層は、めったに見かけない。渋谷は、すっかりガキどもの街になってしまった。

瀬名は軽い失望を味わった。

大学生のころは、よく渋谷に繰り出して通飲したものだ。その当時も若い世代が多かった。だが、大半は二十代だった。世の移り変わりに伴って、盛り場も変わるというわけか。

瀬名は苦笑し、『シブヤ109』の前を回り込んだ。

道玄坂を登り切って、細い通りに入る。ランブリングストリートだ。通りの右側は道玄坂二丁目、左側はラブホテルの連なる円山町《まるやまちょう》だった。

少し歩くと、漫画専門店『まんだらけ渋谷店』の巨大な看板が目に留《と》まった。有名なキャラクターがびっしりと描かれている。赤い文字で書かれた店名は、とてつもなく大きい。

道なりに進むと、都市型テーマパークの『ミラクルランド』があった。割合、大きなビルだった。

瀬名は入場した。

最初に覗《のぞ》いたのは、バトルテック・センターだった。高校生や大学生と思われる男女が未来型ロボットの操縦席に乗り込み、バーチャル・バトルを愉しんでいた。最高八人でバトル対決ができるらしい。

瀬名は近くにいる若者に次々に声をかけてみた。

しかし、ジョージの遊び仲間はいなかった。京陽高校の生徒もいない。

迫力ある映像に合わせて十四人乗りのカプセルが動くペンチュラーという乗り物も人気を集めていた。ルーレットやスロットマシンの前にも、大勢の若者が群がっている。それぞれ個性的なファッションをしていた。見ていて、飽きない。

だが、肝心の収穫はなかった。

五階と六階は、ブラジル料理の店になっていた。瀬名は腹ごしらえをする気になった。

店内に入り、ビールとシュラスコ料理を頼んだ。客は十代と二十代ばかりだ。なんとなく気恥ずかしかったが、いまさら席は立てない。

瀬名は紫煙をくゆらせながら、ブラジル産のビールを傾けはじめた。国産ビールのほうがうまい。

少し待つと、じっくりと焼き上げられたブロック肉が運ばれてきた。

従業員は大きな金串を垂直に立て、鮮やかな手つきで肉を削《そ》ぎ取ってくれた。メニユーには、食べ放題で二千九百八十円と記《しる》されていた。

瀬名はビールを呷《あお》りながら、シュラスコ料理を胃袋に収めた。

ブラジル風のバーベキューは、思っていたよりも美味だった。ただ、豆料理は口に合わなかった。

食後の一服をしていると、依光真寿美《よりみつますみ》から電話がかかってきた。美しい強請屋《ゆすりや》だ。

真寿美は敵でもあり、味方でもあった。彼女は瀬名の陰謀暴きに協力してくれるが、彼が悪人から脅し取った金の上前をはねる。

業腹《ごうはら》だが、一筋縄ではいかない相手だった。

真寿美は合気道の有段者で、並の男よりも強い。それでいて、男の心を蕩《とろ》かすようなセクシーな美女だった。

女好きの瀬名は真寿美をなんとか口説きたいと切望しているが、まだ男女の関係には進んでいない。それだけに、真寿美から連絡があると、まんざら悪い気はしなかった。

「しばらくね」

「ああ。相変わらず悪徳弁護士やスキャンダルだらけの政治家を揺さぶって、預金小切手をせしめてるようだな」

瀬名は声を潜《ひそ》めた。

「それが近頃は、さっぱりなのよ。どこかに、いい獲物がいない?」

「その気になれば、太った獲物は見つかると思うがな」

「誰か狙いをつけた奴がいるのね。それなら、今回は最初っから手を組まない?」

「別に具体的に咬《か》めそうな奴がいるわけじゃないんだ。それに、ちょっとプライベートなことで動かなきゃならなくなったんだよ」

「何があったの?」

「ちょっとな」

「水臭いわね。あなたとわたしは、同じ穴の狢《むじな》でしょうが。狢がお気に召《め》さないんだったら、戦友と言い換えてもいいわ」

「どうせなら、恋人と言ってくれ」

「何を言ってるのよ。前にも言ったはずだけど、わたしは男よりも、お金や宝石が好きなの」

「歪《ゆが》んでるな。おれの愛で、きみをまともな女にしてやろう」

「ノーサンキューだわ。冗談はともかく、いったい何があったの?」

真寿美が、ふたたび訊いた。

瀬名は十秒ほど考えてから、姪の詩織のことをかいつまんで話した。口を結ぶと、女強請屋が確信ありげに言った。

「事件の裏に、何か謀《はかりごと》があるわね」

「きみも、そう思うか」

「ええ。ジョージって坊やは、遊び仲間や女友達の復讐《ふくしゅう》が目的で宮原修平を射殺したんじゃないわよ」

「実は、おれもそんな気がしてるんだが、いまのガキどもは何を考えてるかわからないからな。ジョージがドラッグ欲しさに殺しを請け負った可能性がないとは言い切れない。未成年なら、人を殺しても死刑になることはないと本人も知ってるはずだから、大人が考えるよりも殺人を大変なこととは思ってないんだろう」

「確かに未成年の罰は軽いけど、ドラッグぐらいじゃ、人殺しはやらないでしょ？」

「ま、そうだろうな」

「やっぱり、お金に釣られて殺しを引き受けたんじゃない？　もしかしたら、ジョージって子、暴力団が仕切ってる秘密カジノでいいようにカモられて何百万円も負けたんじゃないのかな？　で、追いつめられ、マウザーM2をぶっ放したんじゃない？」

「結論を出すのは、まだ早いな。とにかく今村譲司の遊び仲間を見つけ出して、ちょっと話を聞いてみるよ」

「そう。手が足りなくなったら、いつでも声をかけて」

「ああ、そうしよう」

瀬名は電話を切り、すぐに立ち上がった。

キャッシャーで支払いを済ませ、エレベーターで一階に下《くだ》る。瀬名は表に出て、ゲームセンター『リンゴリンゴ』をめざした。

目的の店は、造作なく見つかった。六階建てのビルだった。

地下一階にはスロットマシンやメダル落としゲーム機がずらりと並び、若者たちで賑《にぎ》わっていた。

瀬名はチーマー風の少年を見つけると、必ず声をかけてみた。誰もがジョージの名を知っていた。むろん、夕方の事件を知らない者はいなかった。

しかし、今村譲司の遊び仲間を摑まえることはできなかった。彼らは事件のことで報道関係者につきまとわれることを嫌って、今夜は自分たちの溜まり場には寄りつこうとしないのか。

瀬名は無駄骨を折ることを覚悟して、一応、各階を覗いてみた。だが、やはり結果は虚《むな》しかった。

瀬名は『リンゴリンゴ』を出ると、東急百貨店本店の前を通って井の頭通りに足を向けた。

井の頭通りから公園通り裏のパルコパートⅢに抜ける細い坂道は、若者たちにスペイン坂と呼ばれている。坂の上は階段状になっていて、道の両側にレストラン、ブテイック、カフェ、輸入雑貨の店などがひしめき合うように連なっていた。

クラブ『K』は、坂道の中ほどの雑居ビルの地下一階にあった。

瀬名は螺旋《らせん》階段を下りはじめた。

4

店のドアは真っ黒だった。

瀬名は店内に入った。そのとたん、大音量のラップが耳に届いた。熱気も伝わってきた。

インテリアも黒色で統一されている。テーブルと椅子《いす》は、くすんだ銀色だった。それほど広くない。右手にＤＪ用のブースがあり、その前はダンスフロアになっていた。三十人ほどの少年と少女がステップを踏んでいる。中学生や高校生だろう。

少年たちのファッションは、モード系とカジュアル系にくっきりと分かれていた。ブランド物の好きな連中は、アルマーニ、ポール・スミス、コムサ・デ・モードなどで思い思いに着飾っている。なぜか、靴はフェラガモが目立った。

カジュアル系の多くは古着ファッションで個性を競い合っていた。

髪形も、さまざまだ。ムースで前髪を立ち上げた者もいれば、ベリーショートにしている者もいる。髪の色も、実に変化に富んでいた。人気色のブルーブラックに染め上げている少年が二、三人いた。

少女たちのファッションは、さらに奇抜だった。骸骨模様《スケルトン》の入った黒いドレス、アラビア風の上着、穴開きだらけの革のヴェストといった具合だ。

アクセサリーも、それぞれが凝《こ》っていた。顔や腕に、タトゥーを施《ほどこ》している少女もいる。全員、化粧をしていたが、まだあどけなさを留《とど》めていた。

瀬名は出入口に近いテーブル席についた。

すると、長髪を後ろで一つに束ねた二十代後半の男が当惑顔でやってきた。

「お客さん、ここは若い子向けのクラブですよ。クラブといっても、ホステスのいる店じゃないんです」

「わかってるよ。踊りにきたんだ」

「えっ、まさか⁉」

「冗談だよ。若い連中の元気なとこを眺めに来たんだ。彼らのエネルギーを取り込んで、自分を奮《ふる》い立たせたいと思ってね」

「それは結構なことですけど、あまり場違いなお客さんがいらっしゃると、常連のみんなが落ち着かなくなると思うんですよ」

「この店は会員制なのかい？」

瀬名は訊いた。

「いいえ、そうじゃありません」

「だったら、どんな客が来てもいいわけだろう?」

「ええ、まあ」

「少し見学させてくれ」

「わかりました。飲み物のご注文は?」

「バドワイザーを貰おうか」

「缶ではなく、小壜《こびん》入りしか置いてないんですけど」

「それでいいよ」

「はい。少々、お待ちください」

サムソン・ヘアの男は微苦笑《びくしょう》し、すぐに下がった。彼のほかに、従業員の姿は見当たらない。

DJは、髪を灰色に染めた若い男だった。

黄色のバンダナを額に巻いていた。体でリズムを刻みながら、レコード・プレーヤーのLPレコードを器用な手つきで回している。

瀬名はセブンスターに火を点け、脚《あし》を組んだ。

煙草を吹かしながら、フロアの若者たちの動きをぼんやりと眺めはじめる。テーブルについているのは瀬名だけだった。

　待つほどもなく、アメリカ産のビールが運ばれてきた。ビアグラスはなかった。

「何かオードブルをお作りしましょうか？」

　髪を後ろで一つに束ねた男が問いかけてきた。

「いや、何もいらない。少し前に飯を喰《く》ったばかりなんだよ」

「そうですか」

「きみが店長なのかな？」

「ええ、一応ね。店長といっても、ＤＪのほかには従業員はいないんですけど」

「今村譲司は、ここの常連だったんだろう？」

「誰なんです？　その男は？」

「ジョージのことだよ」

「ああ、彼のことですか。みんなの愛称とか通称は知ってますけど、本名は知らないんですよ」

「そうかい。で、どうなんだ？」

「ジョージは、ほとんど毎晩、ここに遊びに来てましたよ。でも、きょうの夕方、ちょっとした事件を起こしたから、もう店には来られないでしょう。失礼ですけど、お客さんはどういう仕事をなさってるんですか？」

「実は、フリーライターなんだ」

瀬名は偽《いつわ》った。とっさに思いついた嘘《うそ》だった。店長が一瞬、厭《いや》な顔をした。

飴玉《あめだま》をしゃぶらせるか。

瀬名はスラックスのポケットから三枚の一万円札を抜き取り、小さく折り畳んだ。それをテーブルの下で、店長に握らせた。

「何なんです？　この金は？」

「取材の謝礼だよ。ジョージのことで、いろいろ訊きたいんだ」

「それは、ちょっと困るな。フロアには、ジョージの仲間が何人もいますからね。余計なことを喋ったら、彼らに何かされるかもしれないし」

「トイレで話をしよう」

「弱ったな」

店長が困惑顔で呟いた。

瀬名は煙草の火を消し、すぐに立ち上がった。

「お客さん、お金は受け取れませんよ」

店長が耳許《みみもと》で言った。瀬名は聞こえない振りをして、奥の手洗いに歩《ほ》を運んだ。

トイレは男女兼用だった。男性用の小便器が二つ並び、その反対側に女性用のブースがあった。手洗いの中には、いがらっぽい煙が充満していた。客の誰かが、ここでマリファナ煙草を喫《す》ったらしい。

　ブースの中から、男の荒い息遣いと女のなまめかしい呻き声が響いてきた。どうやら中でセックスをしているらしい。

「ツトム、中で出さないでよ」

　女の声は稚《おさな》かった。

「わかってるって」

「ほんとに、外に出してよ。いま、危《ヤバ》い時期なんだからさ」

「うるせえんだよ。黙って腰を使え！」

「何よ、偉そうに。ちょっと腰を動かすと、すぐ射精しちゃうくせにさ」

「こないだは、だいぶ溜まってたからな。でも、きょうは保《も》つぜ。うーんと気持ちよくさせてやらあ」

「うっ、痛い！　クリちゃんをそんな乱暴にいじくり回さないでよ。そこはデリケートなんだから、ソフトにタッチして」

「いちいち注文つけるな。ほら、ほら！」

　男が掛け声を発し、激しく動きはじめた。

　女が切れ切れに淫《みだ》らな声をあげる。肉と肉がぶつかり合い、湿った音も洩れてきた。仕切りボードの軋《きし》む音も聞こえた。

女は両手をボードにつき、ヒップを後ろに突き出しているのだろう。男は立ったまま、パートナーの腰を抱えているにちがいない。

店長との会話をブースの中の二人に聞かせたくなかった。瀬名はブースのドアを拳《こぶし》で連打した。

ややあって、若い男の声が返ってきた。

「入ってるよ」

「お娯《たの》しみのようだが、待ってられないんだ。早く出てくれ！」

「ほかの便所で糞《くそ》してくれよ。いまは、出るに出られねえ状態なんだ」

「早くマラを抜かないと、ドアを蹴破るぜ」

「なんなんだよ、てめえ！」

「早く出ろ」

瀬名はドアを蹴りはじめた。

「ツトム、離れて」

少女が言った。うろたえた様子だった。

「すぐ終わるよ」

「ばか！　ドアの向こうに、他人《ひと》がいるのよ」

「いいじゃねえか。別に見えるわけじゃねえんだ。エマ、尻《けつ》振ってくれ」

「やーよ。早く抜いて。抜いてったら、抜いてよ」

「ちぇっ、ツイてねえや」

男が、ぼやいた。

ブースの中のカップルが離れ、身繕《づくろ》いをする気配が伝わってきた。瀬名は少し後退した。ブースのドアが開く。

先に現われたのは、十六、七歳の茶髪《ちゃぱつ》の少年だった。その後から、十四、五歳の少女が出てきた。彼女は中学生だろう。

二人は恥じらうふうもなく、不機嫌な表情でトイレから出ていった。ブースのドアは開けっ放しだった。

仕切りボードや壁は、卑猥《ひわい》な落書きで埋め尽くされていた。リアルな交合図も見える。それは、陰毛まで微細に描かれていた。小陰唇の捲《めく》れ具合が生々しい。

洋式便器の横には、使用済みのカラースキンが二つ転がっていた。片方は、疣《いぼ》付きの黒いスキンだった。円山町のラブホテルあたりで買ったのだろう。

瀬名は苦く笑い、足でブースを閉めた。

そのとき、長い髪を後ろで束ねた店長がトイレに入ってきた。

「いま、ブースの中でガキのカップルがファックしてたぜ」

「そんなことは、しょっちゅうですよ。週に一度は、便器に捨てられた使用済みのスキンでパイプが詰まっちゃうんです。いくら注意しても、無駄なんですよ」

「もう諦《あきら》めた？」

瀬名は店長の顔を正視した。

「ええ、諦めました。連中がトイレで大麻《ガンジャ》や覚醒剤《スピード》をやってることもわかってるんですけど、注意する気にもなれません」

「店で金を遣ってくれりゃ、それで文句なしってわけか」

「ま、そういうことですね」

「さて、本題に入るか。ジョージも覚醒剤《スピード》や大麻《ガンジャ》の常習者らしいな」

「中二のときから両方ともやってたって話をしてたから、もうベテランですよね」

「ドラッグの入手先は？」

「ここに来てる連中は、たいていアリって名前のイラン人から麻薬《ドラッグ》を買ってたんですよ。けど、アリは逮捕《パク》られちゃって、府中刑務所に送られました」

「それで、ジョージはドラッグをやめたわけじゃないよな」

「やめたくたって、やめられないでしょ？　アリから覚醒剤や大麻が手に入らなくなってからは、おそらく組関係から買ってたんでしょうね。そのへんのことは、よくわかりません」

「ジョージが夕方の事件で、本物と思われる拳銃を使ってたことは知ってるよな？」

「ええ、テレビのニュースで知りました」

「ジョージは、ふだんも拳銃を持ち歩いてたのかい？」

「それはなかったと思うけどな。でも、彼はモデルガンのマニアらしいんですよ。仲間の話だと、百挺《ちょう》ぐらい持ってるそうです」

店長が言って、ちらりと腕時計に目を落とした。

「そわそわすんなよ。まだ取材をはじめたばかりじゃないか」

「ええ、そうなんですが」

「ジョージは、あちこちのモデルガンの店に出入りしてたんだろう？」

「ええ、そうみたいですね。渋谷はもちろん、新宿の『シーザム』や高田馬場の『アンクル』とか、池袋の『サムズ』『ワイズインターナショナル』なんかに行ってたようです」

「精《くわ》しいな」

「実はわたしも昔、モデルガン集めをしてたんですよ。どんなに造りが精巧でも、所《しょ》詮《せん》は模造銃ですから、数年で飽きちゃいましたけどね」

「ジョージの渋谷の行きつけモデルガンショップは？」

「東京電力の並びの雑居ビルの中にある『マグナム』には、ちょくちょく行ってたようですよ。その店はモデルガンを売ってるだけじゃなくて、ミリタリーショップも兼ねてるんです」

「軍服とか迷彩服なんかも売ってるんだ？」

「ええ、そうです。コンバットナイフやピストル型の洋弓銃《クロスボウ》なんかも売ってますよ」

「そう。ニュースによると、ジョージは高校生読者モデルとして、若者向けのビジュアル誌によく登場してたんだってな？」

瀬名は確かめた。

「ええ、かなりの売れっ子でしたね。同じ月に三、四誌、彼のファッション写真やヘア写真が載《の》るほどでした。でも、出演料《ギャラ》は金じゃないらしいんですよ。服、靴、図書券なんてものしか貰えないんだそうです。だから、本人は少し不満げでしたね」

「そうか」

「でも、読者モデルのほうが女の子たちにモテるんですよね。ジョージは現代的なイケメンだから、ファンは多かったな」

「女たらしなんだろう？」

「ええ、割に女遊びは激しかったようです。うちの店で、女の子同士がジョージを奪ったとか奪られたとか言って、よく揉《も》めてましたから」

「いま、店にジョージと仲のよかった奴はいる？」

「ええ、何人もいますよ。でも、一番気が合ってるのはマサルって子です。クラスは違うらしいけど、彼も京陽高校の二年生なんです」

「そいつの特徴は？」

「金髪のパンキッシュ・ヘアで、片方の耳に十字架のピアスをしてる坊やです。マサルなら、いろんなことを知ってるはずですよ」

店長がそう言って、先にトイレを出た。

瀬名は少し間《ま》を置いてから、テーブル席に戻った。音楽はテクノに変わっていた。さきほどブースで交わっていた稚いカップルの姿は見当たらなかった。瀬名はバドワイザーをラッパ飲みしながら、マサルを目で探した。

髪を金髪に染めた少年は、フロアのほぼ中央で体を揺らしている。十字架のピアスも揺れ動いていた。

瀬名はマサルに声をかけるチャンスを待った。

しかし、バドワイザーを飲み干すまで、話しかけるきっかけは摑めなかった。ダンサブルな曲は切れ目なく鳴りつづけている。

瀬名は店長に合図して、二本目のビールを届けさせた。

バドワイザーを半分近く空けたとき、店に十六、七歳の美少女がふらりと入ってきた。足許が覚束《おぼつか》ない。酒に酔っているようだ。

少女は瀬名のテーブルの横で急に立ち止まり、卓上のビールの小壜をひょいと摑み上げた。

「おい、何をするんだ？　そいつは、おれのビールだぞ」

瀬名は少女に言った。

少女は曖昧《あいまい》な笑みを浮かべると、手にしていたビール壜を近くの壁に叩きつけた。

壜の砕ける音が店内に鳴り響き、客たちが騒然となった。

DJが慌ててダンスミュージックを停めた。店内が静まり返った。

「誰か拳銃を手に入れてくんない？」

少女が呂律《ろれつ》の怪しい舌で、フロアにいる若者たちに喚《わめ》いた。

「マジかよ？」

少年のひとりが問い返した。

「うん、マジもマジ！　撃ち殺したい奴らがいるのよ。あんた、ルートない？」

「知らねえよ、おれは」

「ね、誰かルートつけらんない？　謝礼払うわよ」

「杏奈《あんな》、酔っぱらってんな」

マサルがそう言いながら、ダンスフロアから抜け出てきた。杏奈と呼ばれた美少女が、マサルに硬い顔を向けた。

「いい気なもんね」

「何が？」

「あんた、ジョージの親友《マブダチ》よね。彼が捕まったっていうのに、よく平気で踊ってられるわねえ。呆《あき》れちゃうわ」

「ジョージのことは気になるけど、もう手の打ちようがないじゃねえか。あいつ、逃げ損《そこ》なって、取っ捕まっちまったんだからさ」

「それはそうだけど、ちょっと冷たいんじゃない？」

「おれに、どうしろってんだよっ」

「せめて今夜一晩くらい、ジョージのために、しんみりしてやってもいいんじゃないの」

「おれがおとなしくしてたからって、今村が自由になれるわけじゃねえだろうがよっ」

マサルが口を尖《とが》らせた。

「それはそうだけど。やっぱ冷たいよー」

「おまえこそ、どうなんだっ。ジョージは、杏奈のためにあんなどでかい事件を起こしたのかもしれねえんだぞ」

「わかってるわよ。だから、あたし、自分の手で奴らに報復しようと思ったんじゃないの。それには、どうしても拳銃が必要なのよ。マサル、どっかでトカレフか何か手に入れて」

「そんな危《ヤバ》いことできねえよ。おまえが自分でルートを見つけりゃいいだろうが」

「いいわ、もう頼まないー」

杏奈は言い放ち、店から飛び出していった。金髪の少年が杏奈を追おうとした。

瀬名は椅子から立ち上がり、マサルの片腕を捉《とら》えた。

「ちょっと待ってくれ」

「誰だよ、あんた？」

「今村譲司のことで訊きたいことがあるんだ。おれはフリーライターなんだが、ジョージの引き起こした事件に興味を持ってるんだよ」

「放せよ。別に話すことなんかないね」

「そう言わずに、協力してくれないか。雑誌のモデルでバイトする気があるんだったら、男性ファッション誌を紹介してやってもいいぜ」

「ほんとに⁉」

マサルが急に目を輝かせた。

「もちろんさ」

「どうせなら、読者モデルがひとりも登場しないファッション専門誌がいいな。おれ、モデル志望なんすよ。それでさ、将来は俳優になりたいんだ」

「取材に協力してくれりゃ、いくらでも雑誌社を紹介してやるよ」

「そいつは凄《すげ》えや。取材に協力しますよ、おれ。だけど、ここじゃ、ちょっと喋りにくいな」

「なら、表で取材させてもらおう」

瀬名は勘定を払い、金髪少年と『K』を出た。階段を上がり、スペイン坂の路上で向かい合う。

「名刺貰えます？」

マサルが手を差し出した。

「あいにく切らしちゃってるんだよ」

「そうなんすか」

「鈴木《すずき》一郎《いちろう》っていうんだ。近々、また『K』に来るよ。そのときにでも、名刺を渡そう」

瀬名は偽名を使い、適当なことを言った。

「何から話せばいいのかな」

「さっきの女の子は、きみの遊び仲間なのか？」

「まあ、そうっすね。あの子は、ジョージの彼女なんすよ」

「なんて名前なんだい？」

「新見《にいみ》杏奈です。聖和女子高の一年生っす」

「かなりの美少女だな」

「そうっすね」

「きみ、さっきジョージが彼女のために事件を起こしたみたいな言い方をしてたな。そのあたりのことから、話を聞かせてくれないか」

「ええ、わかりました。三週間ぐらい前に、杏奈は三人の男に輪姦《マワ》されたんすよ」

「どんな男たちだったんだい？」

「不動産関係の仕事をしてる奴らっす」

「ひょっとしたら、そいつらはジョージに射殺された不動産コンサルタントの宮原修平と関わりがあるんじゃないのか？」

「宮原って男が経営してる会社の社員ですよ。えーと、会社名は『宮原エンタープライズ』だったかな。オフィスは宮益坂の雑居ビルの五階にあるって話だったっすね。社員といっても、ほとんどヤー公みたいな奴らっすよ」

「新見杏奈は、なんだって三人にレイプされることになったんだい？」

「杏奈はコカインをやってんすよ。中毒気味だから、どうしても量が多くなるでしょ？」

「だろうな」

「で、あいつは値段の安いコカインを探してたんすよ。そんなとき、三人の男にいい売人を紹介してやるからって、『宮原エンタープライズ』に連れ込まれて……」

マサルが言葉を濁した。

「輪姦《マワ》されちまったんだな？」

「ええ。それだけじゃなく、杏奈は三人に口止め料代わりに売春しろって言われたらしいんです。それで彼女は我慢できなくなって、レイプされたことをジョージに打ち明けたんすよ」

「で、ジョージは怒ったのか？」

「ええ。あいつ、めちゃくちゃ怒ってたっすよ。いろんな女と遊んでたけど、杏奈にいちばん惚《ほ》れてたからね。多分、ジョージは『宮原エンタープライズ』に乗り込んだんだと思うな。けど、三人の男たちに相手にされなかったんじゃないのかなあ」

「で、ジョージはボスの宮原修平って奴をシュートする気になった？」

瀬名は先回りして、そう言った。

「おそらくね。もしかしたら、ジョージはそのあたりのことを杏奈に仄《ほの》めかしたんじゃないかな」

「杏奈の自宅は、どこにあるんだい？」

「自由が丘っす。正確な住所はわからないけど、でっかい邸《やしき》に住んでるって話っすよ」

「そう。きみは、ジョージが本物の拳銃を持ってたことを知ってたか？」

「知らなかったっすよ。だから、事件のことを聞いて驚きました。あいつは前々から、本物の拳銃を欲しがってたんすよね」

「モデルガン集めに熱中してたらしいな？」

「そうなんすよ。それから、学校が休みになると、ハワイやグアムに出かけて、向こうの射撃場《シューティング・レンジ》でちょくちょく実射してたんす。だから、ちゃんと標的を撃ててたんじゃないかな。そうじゃなきゃ、とても命中しないでしょ？」

マサルが相槌《あいづち》を求めてくる。

「だろうな。ところで、きみはジョージがどこで本物の拳銃を手に入れたと思う？　彼は組関係の人間とつき合いがあったのかい？」

「今村は、ジョージはヤー公を嫌ってましたよ。おれも好きじゃないっすね。奴ら、なんかダサいじゃないっすか。やっぱ、同類項と見られたくないもんね」

「麻薬《ドラッグ》は以前、イラン人の売人から手に入れてたそうだな？」

「そうなんすよ。でも、その男は逮捕《パク》られちゃったんです。ほんの一時《いっとき》、薬が切れた時期があったけど、ジョージはどこかから、ちゃんと覚醒剤《スピード》も大麻《ガンジャ》も手に入れてた」

「入手先に心当たりは？」

「わからないんすよ。あいつに何度も教えてくれって頼んだんだけど、ついに入手ルートは言わなかったんす」

「そう」

「ひょっとしたら、読者モデル仲間の誰かから譲ってもらったのかもしれないな。ジョージのはったりだったのかもしれないけど、モデル仲間の何人かが本物《モノホン》の拳銃を持ってるなんて言ってたんす」

「渋谷にモデル仲間の溜まり場があるのか？」

瀬名は問いかけた。

「そういう店はないと思うな。ジョージは青山や西麻布で、読者モデル仲間と会ってたんすよ。でも、店の名前まではちょっとね。杏奈なら、知ってるかもしれないな」

「きみは、ジョージが杏奈って子の代わりに仕返しをしたと思ってるようだが、なぜレイプ犯たちのボスを射殺しなけりゃならない？」

「坊主憎けりゃ、何とかなんじゃないんすか」

「それは、どうだろうな」

「おたくは、別の理由でジョージが宮原って奴を撃ったと考えてるんすか？」

「これは単なる勘なんだが、どうもそんな気がするんだよ。ジョージが新見杏奈の復讐を代行してやるほど彼女に惚れてたら、ほかの女の子たちとは遊んだりしないんじゃないのか？」

「好きな女がいても、ほかの娘《こ》たちとも寝たいでしょ？　おれたちはやりたい盛りっすからね」

「そうか、そうだろうな。いろいろ参考になったよ。ありがとう」

「鈴木さん、おれ、ほとんど毎晩、『K』にいますから、近いうちに雑誌社の人を連れてきてくださいね」

「ああ、そうしよう」

「約束っすよ」

マサルはそう言うと、馴染《なじ》みのクラブに駆け戻っていった。

まだ『マグナム』は営業しているだろうか。瀬名はセブンスターをくわえ、大股《おおまた》で歩きはじめた。

第二章　占有屋

1

まだ営業中だった。

瀬名は『マグナム』の店内に入った。各種のモデルガンやミリタリーグッズが所狭しと並んでいる。

客らしい人影はない。しかし、奥の事務室から男女の話し声がかすかに響いてくる。

「どうしても、わたし、拳銃が欲しいのよ」

女の声には、聞き覚えがあった。新見杏奈に間違いないだろう。

瀬名は抜き足で事務室の前まで進み、聞き耳を立てた。

「無茶言うなよ。ここは、モデルガンを売ってる店だぜ」

男は困り果てている様子だった。声から察して、三十代の前半だろう。

「でも、闇で本物の拳銃を売ってる店もあるって話をどこかで聞いたことがあるわ」

「おい、おい。ここは、裏ＤＶＤ屋じゃないんだぜ。本物の銃器を裏で売れるはずないじゃないか」

「なら、密造してよ」

「えっ」

「こういうお店のオーナーなんだから、拳銃には精《くわ》しいんでしょ？」

「それはね」

「だったら、拳銃を密造してよ。お金は、いくらかかってもいいわ」

「なんだって、そんなに本物の拳銃が欲しいんだ？」

「わたしを傷つけた男たちを撃ち殺してやりたいのよ」

「物騒な話だな。きみ、酒を飲んでるね？」

「うん、ちょっと」

「ちょっとじゃないだろう？　だいぶ酔ってる感じだぞ」

「そんなことより、どうなの？」

杏奈が焦《じ》れったそうに言った。

「どうなのって、何が？」

「密造銃のことよ。五十万円用意するから、本物そっくりの拳銃を造ってくれない？」

「そういう話には乗れないね」

「謝礼が不満なわけ？」

「不満も何も、密造なんか引き受ける気はない」

「善人ぶらないでよ」

「それ、どういう意味なんだ？」

「わたし、知ってるのよ。あんたがモデルガンやエアガンを改造して、中学生や高校生にこっそり売ってることをね」

「あんまりいい加減なことを言うと、怒るぞ」

「怒れば？　わたし、ジョージがここで買った改造モデルガンを見せてもらったことがあるの。銃身には鉄パイプが埋《う》め込まれてて、撃鉄《ハンマー》も本物と同じ材質が使われてたわ」

「きみ、ジョージとはどういう……」

「わたしたち、ラブラブだったのよ。ジョージが使った本物の拳銃は、ひょっとしたら、この店で手に入れたんじゃない？」

「冗談も休み休み言ってくれ。こっちは真っ当な商売をしてるんだ。ジョージに改造モデルガンを売ったことなんかない。もちろん、本物の拳銃《ハンドガン》を売った覚えもないっ」

　オーナーが声を荒らげた。

「それじゃ、ジョージが嘘《うそ》を言ったことになるじゃないの。彼は改造モデルガンを『マグナム』で買ったとはっきり言ったのよ」

「ジョージがどう言ったか知らないが、それは事実じゃない。でたらめだっ」

「そんなふうに言い切っちゃってもいいわけ？」

「何なんだ、その言い種《ぐさ》は！」

「本物の拳銃はともかく、改造モデルガンや改造エアガンを買った子たちを探すのは難しいことじゃないわ。なんだったら、その連中をここに引っ張ってこようか」

　杏奈が余裕のある声で言った。

「わかった、正直に言おう。確かに客たちにしつこく頼まれて、モデルガンやエアガンにちょっと手を加えてやったことはあるよ。でもな、真正銃を密売したことなんかない」

「そんなことはどっちでもいいのよ。それよりも、密造銃《マッポチク》の件はどうなの？　造ってくれないって言うんだったら、違法改造銃のことを警察官に密告るわよ」

「小娘が他人《ひと》の弱みにつけ込みやがって」

　店主が憤《いきどお》った。

「何よ、おっかない顔して。わたしを殴る気？　それとも密造銃で撃ち殺す？」

「黙れ！　痛い思いをしたくなかったら、とっとと帰れっ」

「帰る前に、返事を聞かせてよ。この店が営業停止になってもいいわけ？」

「大人をなめると、承知しないぞ」

「近づかないで！」

杏奈が叫んで後ずさる気配が伝わってきた。

そろそろ助け船を出してやるか。

瀬名は空咳《からぜき》をした。すると、すぐに事務室のドアが開けられた。瘦《や》せた色黒の三十一、二歳の男が現われ、愛想笑いをした。店長だろう。

「いらっしゃいませ。お客さんですね？」

「うん、まあ」

「何をお探しでしょう？」

「マルシンABS製のモーゼル・ミリタリー712が欲しいんだが……」

「申し訳ありません。あいにく品切れなんですよ。一週間ほどで取り寄せられますが、いかがいたしましょう？」

「どうするかな」

瀬名は思案顔をつくった。

そのとき、杏奈が事務室から走り出てきた。店長が何か声をかけようとした。すかさず瀬名は、口を開いた。

「一週間も待たされるのは辛《つら》いな。それじゃ、エアショットガンを買っていくか」

「ありがとうございます。で、何を？」

「東京マルイのスパス12は？」

「相すみません。スパス12も売り切れてしまったんですよ。電動エアショットガンで面白い物が新発売されましたけど、ご覧になります？」

「電動ガンには興味ないな。また寄らせてもらうよ」

「お待ちしております」

オーナーは落胆した表情で軽く頭を下げた。

瀬名は店を出ると、杏奈の姿を探した。美少女は神南《じんなん》郵便局方面に向かって歩いていた。瀬名は駆け足で追い、杏奈を呼びとめた。

「ちょっと待ってくれないか」

「あなた、『K』にいた人よね？」

杏奈がたたずみ、早口で確かめた。

「そうだよ」

「あなたのおかげで、『マグナム』のオーナーに殴られずに済んだわ。お礼を言うべきかしら？」

「礼なんか必要ないさ、店主ときみの遣《や》り取り、聞こえちゃったぜ」

「聞こえたんじゃなくて、盗み聴きしたんでしょ？」

「おれは上流家庭で育ったんだ。盗み聴きなんてはしたない真似はしたことがない」

「よく言うわ、おじさん」

「おじさんか。まいったな。まだ若いつもりなんだが……」

「『K』と『マグナム』で見かけたってことは、ジョージの事件を調べてるのね？」

「まあね。しかし、刑事じゃないよ」

「週刊誌の記者か何か？」

「フリーライターさ。鈴木一郎っていうんだ」

「それ、いかにも偽名臭い名前ね」

「よくそう言われるんだが、本名なんだよ」

瀬名は努めて平静に言い繕《つくろ》った。

「ジョージのこと、記事にするの？」

「そのつもりなんだが、どこまで取材できるか。きみは聖和女子高一年の新見杏奈さんだな？」

「なんで、わたしのことを知ってんの⁉」

「『K』で、ジョージの友人のマサルに教えてもらったんだ。ジョージときみの仲も聞いたよ」

「それだけ？　マサルは口が軽いから、ほかにも何か喋《しゃべ》ったんじゃない？」

「ジョージは、きみの仕返しをしたんじゃないかとも言ってた」

「それじゃ、マサルはわたしが三人の男に輪姦《マワ》されたことも話したのね」

「ああ。その話は事実なのか？」

「事実よ。上質のクラックを安く売ってくれる男を紹介してやるって騙《だま》されたの。わたし、宮益坂の『宮原エンタープライズ』って会社に連れ込まれて、そこで無理矢理に……」

杏奈がうつむいて、下唇を嚙んだ。

「マサルって坊やも、そう言ってた。レイプ犯の三人の名前は？」

「名前なんか知らないわ。でも、三人とも顔を見れば、すぐにわかるわよ」

「レイプされたことを警察には？」

「訴えなかったわ」

「なぜ？　きみは被害者なんだぞ」

「警察に訴えても、不愉快な思いをするだけだもの」

「不愉快？」

「そう。わたしの友達が別の奴らに輪姦《マワ》されて警察に駆け込んだら、すごく厭《いや》な目に遭ったんだって。男たちを挑発したんじゃないのかとか、気持ちに隙《すき》があったんだろうなんて言われたらしいの。それから、なんで大声を張り上げて、死に物狂いで抵抗しなかったんだとも言われたそうよ。その子は首筋や喉《のど》んとこにずっとナイフを押し当てられてたんだって。恐怖心で声なんか出せっこないのに」

「そうだろうな」

「お巡りたちはにやにやしながら、最初に突っ込んだのは誰だったとか、あそこに指を入れられたのかなんてことばかり訊いて、とっても屈辱的な思いをさせられたんだって」

「それで、犯人たちはどうなったんだい？」

「結局、見つからなかったのよ」

「ひどい話だ。友達のそんな話を聞いてたんじゃ、とても警察に訴える気は起こらないよな」

瀬名は同調した。

「うん。だから、わたしは警察には行かなかったの。だけど、泣き寝入りするのは悔しいから、わたし、ジョージにレイプされたことを話したのよ」

「今村譲司の反応は？」

「彼、ものすごくショックを受けたみたいで、最初は黙りこくってた。でも、少ししたら、わたしを優しく労《いたわ》ってくれて、必ず犯人たち三人を締めてやるって言ってくれたの」

「ジョージは『宮原エンタープライズ』のオフィスに乗り込んだのか？」

「多分、そうでしょうね」

「乗り込んだかどうかは、未確認なんだな？」

「ええ。でも、ジョージは乗り込んでくれたと思うわ。だけど、柄の悪い奴らだから、素直に罪を認めなかったんでしょうね。それどころか、ジョージは三人に袋叩《フクロ》きにされちゃったのかもしれないわ」

「それでジョージは頭にきて、三人のボスの宮原修平を射殺する気になったんだろうか」

「きっとそうよ。彼、負け犬みたいに尻尾《しっぽ》を巻いて逃げるタイプじゃないもの」

「犯行に使われた拳銃は本物だったようだが、どうやって手に入れたんだろう？」

「それについては、わたし、よくわからないわ」

　杏奈が答えた。

「さっき立ち聞きした話だと、きみはジョージが『マグナム』のオーナーから凶器の拳銃を手に入れたんじゃないかと疑ってたようだが、何か根拠でもあるのかい？」

「ジョージは笠木《かさき》にモデルガンやエアガンをよく改造してもらってたのよ」

「笠木というのは、『マグナム』の経営者のことだね？」

「ええ、そう。笠木利行《としゆき》って名前らしいわ。年齢《とし》は確か三十一だって話よ。いつかジョージが言ってたんだけど、『マグナム』のオーナーは拳銃を密造して何挺《ちょう》も隠し持ってるらしいの」

「きみの彼氏は、密造銃を実際に見たことがあるんだろうか」

「見たことがあるって言い方はしてなかったけど、ジョージは確信がありそうな口ぶりだったわ」

「だからといって、笠木というオーナーが拳銃を密造してると極《き》めつけるのは……」

「ええ、よくないことよね。けど、おそらくジョージは笠木から本物の拳銃か密造銃を譲ってもらって、事件を起こしたんだと思うわ」

「マサルから聞いた話によると、ジョージのモデル仲間の何人かが本物の拳銃を持ってるそうじゃないか」

瀬名は質問を重ねた。

「その話は、わたしもジョージから聞いたことがあるわ。ノーリンコ54を持ってる子が二人で、ローシンL9を持ってる子がひとりだったかな。だから、ジョージも本物のピストルをとっても欲しがってた。でも、わたし、危《ヤバ》すぎるから持つなって言ってたの」

「モデル仲間は、真正銃をどこから入手したと言ってた？」

「真正銃？」

「本物の銃器のことだよ」

「やっぱり、そういう意味だったのね。耳馴《な》れない言葉なんで、一瞬、意味がわからなかったわ。本物の拳銃の入手ルートについては、彼、何も言ってなかったわね」

「そうか。ジョージは西麻布あたりで、モデル仲間と会ってたらしいが……」

「モデルの子たちとは『ミッシェル』ってカフェやクラブ『コア』なんかで落ち合ってたわ」

「彼と親しくしてた高校生モデルは？」

「ゲルとター坊ね。ゲルが高三で、ター坊はジョージと同学年《タメ》よ」

「その二人のスマホのナンバーは？」

「わたしは知らない。当然、ジョージは知ってると思うけど」

「だろうな」

「わたしのせいで、ジョージは殺人者になっちゃったのね。でも、レイプ犯たちはぬくぬくと生きてる。そんなの、わたし、赦《ゆる》せない！　絶対に赦せないわよ」

杏奈が唸《うな》るように叫んだ。

「きみの気持ちはわかるが……」

「ジョージとわたしを不幸にした奴らに、きっちり決着《オトシマエ》をつけてやる。おじさん、新宿のやくざに知り合いはいない？　わたし、どうしても拳銃が欲しいのよ」

「ばかなことは考えるな。仮に本物のピストルが手に入ったとしても、実射経験のない女の子が標的を撃ち抜けるわけない。下手したら、自分の足を撃つことになるぞ」

「だけど、このままじゃ、癪《しゃく》だわ。あの三人を懲《こ》らしめてやらなきゃ、気持ちがすっきりしないのよ」

「わかった。なら、おれが手助けしてやろう」

「どうやって？　おじさん、強いの？」

「強くない、強くない。腕力はないが、おれにはペンがある。きみを傷つけない形で、レイプ犯の三人をペンで告発してやろう」

瀬名は言った。偽ライターに、そのようなことはできない。杏奈に三人の暴行犯を指さしてもらうため、心ならずも嘘をついたわけだ。

「あいつらをペンで告発するなんてことができるの？　警察沙汰《ざた》になったわけじゃないんだから、連中の実名は出せないわよね」

「残念ながら、それはできないな。実名を出したら、人権問題になる。しかし、周囲の者たちに三人の男がレイプ犯だとわかるような書き方はできるよ」

「なんだか生温《なまぬる》いやり方ね。いっそ三人をダイナマイトか何かで爆殺してやりたい気持ちだわ」

「もっと冷静になれよ。きみを辱《はずかし》めた連中は、殺すだけの価値があると思うか？　たとえ相手が人間の屑《くず》でも、殺人は殺人だよ。もし三人を殺《や》ったら、きみは一生、人殺しってことになるんだぞ」

「もうどうなってもいいわ」

　杏奈が捨《す》て鉢《ばち》に言った。

「十六やそこらで、自棄《やけ》になるなって。もっと自分を大事にしろよ」

「なんか学校の先公みたい。おじさんには、似合わない台詞《せりふ》だわ」

「そうかい。説教しながら、実はおれもそう思ってたんだ」

「なんか締《し》まらない話ね」

「ほんとだな。とにかく、おれに任せてくれないか」

「いいよ。で、わたしはどうすればいいわけ？」

「とりあえず、きみをレイプした三人の顔を見ておきたいんだ。といっても、こんな時間じゃ、連中はもうオフィスにはいないだろうな」

「まだ奴ら、会社にいるかもしれないわ。わたしが騙されて事務所に連れ込まれたのは、午前零時近い時刻だったから」

「それなら、一応、行ってみるか？」

「うん。わたし、案内する」

「ああ、頼む」

　瀬名は促《うなが》した。

二人は肩を並べて宮益坂に向かった。

2

ドアはロックされていた。

瀬名は扉に耳を押し当てた。『宮原エンタープライズ』だ。

物音はしない。人の声も聞こえなかった。

「どう？」

杏奈が小声で問いかけてきた。

「誰もいないようだな。今夜は諦《あきら》めよう、もう遅いから」

「もう少し待ってみようよ。もしかしたら、三人のうちの誰かが事務所に戻ってくるかもしれないでしょ？」

「あまり帰宅時間が遅くなると、家の人に叱《しか》られるぞ」

「わたしを叱れる家族なんか、ひとりもいないわ。そんな資格、誰にもないわよ」

「どういうことなんだ？」

瀬名は問いかけた。

「わたしの父親は会社を幾つも経営して、ロータリークラブに入ってるんだけど、人格者じゃないの。何人も愛人を囲ってるし、隠し子もいるのよ。母さんの遠縁のお手伝いさんにも手をつけちゃったんだから、最低だわ」

「おふくろさんは、どういう女性なんだい？」

「救いようのない俗物ね。精神的な充足感よりも、物質面での豊かさを求めるタイプなの。父さんにさんざん虚仮《こけ》にされても、別れ話なんかしようともしない。カルチャーセンターの講座に幾つも出て、リッチなおばさん連中とグルメ旅行なんかして気を紛《まぎ》らしてんの」

「きみは、ひとりっ子じゃないんだろう？」

「三つ違いの兄貴がいるわ。兄貴もどうしようもない奴よ。超有名私大に裏口入学したんだけど、ほとんど大学には行ってない。レーサー志望と称して父親に高い外車を次々に買わせて、ナンパしまくってるの。それで毎晩のように、家の地下室で乱痴気騒ぎをしてる。父は月に一、二回しか家に帰ってこないから、兄貴はやりたい放題よ」

「おふくろさんは何も言わないのか？」

「言えないのよ。兄貴はラガーみたいな体格だし、すっごく短気なの。母は兄貴が小さいころに、ピアノやヴァイオリンを無理に習わせたりしたんだけど、兄貴はそのことで彼女を恨んでるのよ。だから、中学生のころから母親に暴力を……」

「よくあるパターンだな」

「そうね。そんな家庭で育ったら、ずっと優等生でなんかいられないでしょ?」

「自己弁護か」

「別に自分の生き方を正当化する気はないけど、どこかで心のバランスを取らないと、発狂しちゃいそうだったのよ」

「だから、夜遊びをするようになったってわけか」

「そういうこと。ね、あそこに坐《すわ》って待とう」

杏奈が通路の奥にある階段のステップを指さした。

瀬名はうなずき、杏奈と踊り場まで歩いた。二人は二段目のステップに並んで腰かけた。五階には六つの事務所があったが、どこも無人のようだった。

「ジョージは未成年だから、死刑になるようなことはないわよね?」

杏奈が心配顔で訊いた。

「それはないさ」

「よかった。彼が死刑になんかなったら、わたし、生きていられないもん。で、ジョージはどうなるの?」

「立件されたら、家庭裁判所の審判を待つことになるだろう。そして、特別少年院送りになるだろうな」

「特別少年院には、どのくらい?」

「長くても数年で出られると思うよ」

「意外に罪が軽いのね」

「未成年は誰も少年法という名の法律に護《まも》られてるんだ。しかし、凶悪な少年犯罪が頻発してるから、いずれ少年法は改正されるだろう」

「そうなの」

「罪が軽いのをいいことに、残忍な犯行に及ぶ未成年が増えてるし、被害者の遺族たちも現行の少年法には割り切れない感情を抱いてるだろうしな」

「だけどさ、罪を重くしたからって、未成年の犯罪はそう減らないんじゃない？　いまの世の中、おかしいことだらけだもん。大人たちはひたすらお金を追っかけてるし、子供たちは見えない抑圧に潰《つぶ》されちゃって、夢を抱く元気もないでしょ？」

「そうだな。好景気のころ、日本人全体の精神がおかしくなった。みんながどうかしてたんだよ。大半の国民が消費社会に浮かれて、土地や株で楽に資産を膨《ふく》らませたいなんて考えてたからな」

「わたしの父親も、デフレ不況前に新しい事業を次々に興《おこ》したの。でも、不況になったとたん、新会社はほとんど倒産したようだわ。詳しいことは、よく知らないけどね。わたし、お金儲《もう》けにはまったく興味ないから」

「その年齢《とし》なら、それが普通さ」

「そうよね」

「何時まで待ってみる？」

瀬名は問いかけながら、左手首の腕時計に目をやった。すでに午後十一時半を回っていた。

「朝まででもいいわよ」

「そうはいかない」

「なんで？」

「きみと朝まで一緒にいたら、女子高生《JK》と援助交際してるスケベ男と思われるじゃないか」

「どう見られたって、いいじゃないの」

「おれは気取り屋なんだよ。自分が女にモテない男と見られたくないんでね」

「おじさんは、モテそうよ。それはそうと、何時まで張り込む？」

「午前一時まで待ってみよう」

「わかったわ」

杏奈が口を閉じた。

瀬名は煙草《たばこ》に火を点《つ》けた。ふた口ほど喫《す》ったとき、スマートフォンが着信音を奏《かな》ではじめた。瀬名は喫いさしのセブンスターの火を靴の底で踏み消し、スマートフォンを耳に当てた。

「ぼくです」

発信者は旧知の館隆一郎《やかたりゅういちろう》の声だった。

館は、瀬名よりも三歳若い。大手パソコンメーカーの研究室のスタッフだ。一流企業や官公庁のシステムを組んだりしている。

「歌舞伎町の風俗店で遊んだ帰りかい？」

「そんなんじゃありませんよ。妻に家から放り出されちゃったんです。きのうの夜、イメクラ店の前で、妻の従兄《いとこ》とばったり会っちゃったんですよ」

「それで、かみさんにいけない遊びのことを告げ口《つ》されちゃったわけか」

「そうなんですよ。妻の陽子《ようこ》、ものすごい剣幕で怒りはじめて……」

館は情けない声で言った。

彼は、俗にいうマスオだ。一年ほど前に勤務先の副社長の娘と所帯を持ち、妻の実家の離れで暮らしている。同い年の妻は、かなり勝ち気な性格だった。その上、性的に稚《おさな》い面があった。

そんなことから、館は結婚してからも歌舞伎町のいかがわしい風俗店に通っていた。岳父に対する遠慮があるからか、妻を叱りつけたこともないらしい。風俗店通いは、恐妻家の唯一の息抜きである。

「自業自得だな」

「冷たいなあ、冷たいですよ。瀬名さんとは長いつき合いじゃないですか」

「確かに、つき合いは短くないよな。しかし、おまえには何も借りがないぞ。だから、言いたいことを言わせてもらったんだ。悪いか？」

「まいったな」

「借りどころか、おまえには貸しがある」

「貸しって？」

「例のことだよ」

瀬名はそう前置きして、昔話を持ち出した。

大学四年生のとき、彼は氏家と一緒に館を救ってやった。そのとき、館はゲイの筋《すじ》者《もの》に公衆便所に連れ込まれ、スラックスを脱がされかけていた。

瀬名は空手使いの氏家と目配せして、ある暴力団の組員を二人がかりでぶちのめしてやったのだ。

それが縁で、いまもつき合いがつづいていた。館はコンピューター・フリークである。高校時代からパソコンに親しんできただけあって、高度なハッキング・テクニックを身につけている。

瀬名はしばしば館を助手として働かせ、そのつど遊興費を与えていた。

「その件では、いままでも瀬名さんと氏家さんには感謝してますよ。もし尻《けつ》に突っ込まれてたら、ぼくの人生は変わってたでしょうからね。多分、新宿二丁目のゲイバーあたりで働かされてたと思います」

「だろうな。それはともかく、おれも少し考えなくちゃいけないなあ」

「何をです？」

「おまえに裏のバイトを回してやってることだよ。情報を集めてもらうたびに、三万、五万と小遣《こづか》いを渡してやってるから、おまえはつい風俗店に足を向けたくなるんだろう」

「瀬名さん、裏のバイトをつづけさせてくださいよ。ぼくは風俗店で日頃のストレスを発散させてるんすから」

「おまえも嫌いじゃないいな」

「仕方がないでしょ。妻は夜の生活が極端に淡泊なんですから。オーラル・セックスをしてくれたのはほんの数カ月で、いまはただ面倒臭そうに横たわってるだけなんです。まだ新婚二年目ですよ。いくらなんでも、サービス精神がなさすぎると思いませんか？」

「おまえのほうもサービスが足りないんじゃないのか？」

「サービスする気はあるんすけど、陽子はクンニされることも厭がるんですよ」

「おまえの舌技が下手なんで、うっとうしいんだろう」

「ぼくは確かに舐《な》め方が上手じゃないんでしょう。七人の女を日替りで抱くような好色漢じゃありませんからね」

館が厭味《いやみ》を口にした。

「妬《や》くな、妬くな。で、おれんとこに電話してきた理由は？」

「ぼく、行くとこがないんですよ。財布を取りに行く前に、家から叩き出されちゃったんです。今夜、瀬名さんの笹塚のマンションに泊めてくれませんかね。どうせ瀬名さんは、誰か女性の家に泊まるんでしょ？」

「今夜は、それどころじゃないんだ」

「また、悪人狩りですか」

「まあ、そんなとこだ」

「今度は、どんな事件なんです？」

「会ったときに話すよ」

瀬名は杏奈に姪《めい》の詩織のことを聞かせたくなかった。いま電話で姪のことを話したら、当然、美少女は警戒心を抱くだろう。

「そういうことなら、今夜は自分のマンションに戻るんですね？」

「ああ、多分な。しかし、ダイニングキッチンでよけりゃ、おれんとこに泊めてやるよ」

「どこでもかまいません。野宿するよりは、まし
ですか、そいつで勝手に部屋に入ってくれ」

「そうか。スペアキーがドア・ポストの蓋《ふた》の裏側にセロハンテープで留《と》めてあるから、そいつで勝手に部屋に入ってくれ」

「助かります」

「いま、どこにいるんだ？」

「家の近くです。たまたまシャツの胸ポケットに百円玉が入ってたんですよ。その硬化で、瀬名さんに電話をかけてるんです」

「そうか。明大前からだと、だいぶ歩きでがあるな」

「ええ。でも、無一文なんだから、笹塚まで歩きます」

「まあ、頑張ってくれ」

「汗塗れになったら、シャワーを借りますよ」

館が先に電話を切った。

瀬名は通話終了キーをタップした。そのとき、またもやスマートフォンが鳴った。

「こんな夜更けに、ごめんなさい」

久門万梨が最初に詫《わ》びた。

「きみだったのか」

「姪のお嬢さんの容態《ようだい》は、いかがです?」

「思ってたより悪くなかったんで、ひと安心しましたよ」

「それは、よかったわ。ちょっと心配だったものですから」

「わざわざありがとう」

「いいえ。あのう、今夜はわたしのわがままを聞いてくださって、ありがとうございました」

「こちらこそ、礼を言いたい気分です。貴重な体験をさせてもらったのは、実に十数年ぶりだったからな」

「なんだかからかわれてるみたい」

「からかってなんかいませんよ。純粋に感動してるんです」

「ほんとに?」

「もちろんです」

瀬名は言葉に力を込めた。

「それだったら、もう少し甘えさせていただいてもいいかしら?」

「どんなリクエストなのかな」

「わたし、男性の体のメカニズムをもっと深く識《し》りたいんです。ご迷惑でなければ、またパートナーになっていただきたいの」

「それは光栄な話だが、ここしばらくは時間が取れそうもないんだ」

「ええ、わかっています。すぐにとは申しません。あなたのご都合のよろしいときに、お電話をいただければ……」

「わかりました。それじゃ、そうさせてもらいます」

「セックスって、とても素晴らしいものだったんですね。この年齢《とし》になって、ようやくわかったんですから、晩生《おくて》も晩生ですよね。なんだか損をしたような気持ちです」

「後《おく》れは、すぐに取り戻せますよ」

「ぜひ、ご協力をお願いしたいわ。ご連絡、お待ちしています」

二代目女社長が甘美な声で言い、先に通話を打ち切った。

瀬名は美人社長の裸身を思い起こしながら、スマートフォンを上着の内ポケットに戻した。

「忙しい男性《ひと》なのね」

杏奈がそう言って、笑いかけてきた。

「貧乏隙《ひま》無しってやつだよ」

「うふふ」

「煙草喫いたいんだったら、一本やろうか?」

「ううん、いらない。煙草は中学で卒業したの」

「高校に入ってからは、もっぱらコカインってわけだ？」

「まあね。コカインといっても、わたしはクラック専門だけど」

「クラックというと、コカインに重曹なんかを混ぜた麻薬《ドラッグ》だな？」

「うん、そう」

「どんな方法で楽しんでるんだい？」

「やりはじめのころはアルミ箔《はく》の上の粉を火で炙《あぶ》って、その煙を吸ってたの。でも、いまはストローを使って直《じか》に鼻の中に吸い込んでる。そうじゃないと、効き目がないのよ」

「気分がハイになるんだろう？」

「ええ、そうね。なんとなく心地よくなって、ハッピーな気持ちになるのよ。陶酔感と多幸感を得られるんだけど、パケ一つじゃ、作用は三十分ぐらいで消えちゃうの。覚醒剤《スピード》なんかは薬効が三、四時間は持続するんだけど、あれはなかなかやめられないみたいだから、二、三度やったきりなんだ」

「クラックだって、常習性があるはずだ」

「確かに、あるわね。でも、そう高くないの。グラム当たり五千円前後だから」

「それでも毎日のように吸引してたら、月に十四、五万はかかるじゃないか」

「母親の財布から、適当に万札を抜いてるの。バレてるはずだけど、別に何も言われないわ」

「親の金をくすねるのは愛嬌《あいきょう》だが、ドラッグは感心しないな。金がかかるし、体にもいいわけない」

瀬名は、つい説教口調になってしまった。すると、美少女が笑顔で言った。

「ご意見無用！」

「ずい分古い言い回しを知ってるんだな」

「死んだお祖父《じい》ちゃんが、テレビの時代劇をよく観《み》てたの。わたし、ちっちゃいとき、お祖父ちゃんのそばにいることが多かったのよ」

「なるほど、それでか」

瀬名は納得し、セブンスターをくわえた。

煙草を喫い終えて間もなく、エレベーターホールからモーターの唸りが小さく響いてきた。杏奈が素早く腰を上げ、踊り場から通路に走った。

瀬名は杏奈の動きを見守った。

すぐに杏奈が振り向き、手招きをした。三人組がエレベーターから出てきたのか。

瀬名は煙草の火をステップの角で揉《も》み消し、忍び足で通路まで歩いた。

「三人組のひとりよ」

杏奈が低く言った。瀬名は視線を長く延ばした。

エレベーターホールから、二十七、八歳の男が歩いてくる。白のシルクブルゾンに、同色のスラックスを穿《は》いていた。短い髪をパーマで縮らせている。首には、割に太いゴールドの鎖を光らせていた。どう見ても、素《す》っ堅気《かたぎ》ではない。

瀬名は手製のストロボマシンを手にして、杏奈の前に出た。

「きみは、ここにいてくれ」

「わたしも一緒に行くわ。あいつに蹴《け》りぐらい入れてやらなきゃ、気持ちが収まらないもん」

「相手は、まともなサラリーマンじゃないんだ。おとなしく、ここで待っててくれ」

「でも……」

「おれが呼ぶまで、ここから動くなよ。わかったな?」

「うん、うん」

杏奈が幼女のようなうなずき方をした。

瀬名は重心を爪先《つまさき》にかけ、通路を歩きはじめた。

白ずくめの男は『宮原エンタープライズ』の事務所の前で立ち止まり、シルクブルゾンのポケットを探《さぐ》った。鍵《かぎ》を取り出す気なのだろう。

瀬名は一気に走った。

靴音で、男が振り向いた。射るような眼差《まなざ》しだった。

「おたく、『宮原エンタープライズ』の社員だろう？」

瀬名は向かい合うなり、先に言った。

「そうだが、あんた、誰なんだい？」

「自己紹介は省《はぶ》かせてもらうぜ」

「なんなんだよ、てめえは！」

「喚《わめ》くな、レイプ野郎が」

「て、てめえっ」

男が形相《ぎょうそう》を変え、ブルゾンのポケットから大型カッターナイフを掴《つか》み出した。

瀬名はストロボマシンを前に突き出した。

男がカッターナイフの刃を滑らせた。刃先が見えた瞬間、瀬名はストロボマシンのスイッチボタンを押した。光が明滅すると、男は顔を背《そむ》けた。

瀬名は相手の向こう臑《ずね》を蹴った。骨が鈍く鳴った。

白ずくめの男は体を傾け、横倒れに転がった。瀬名は屈《かが》み込んで、相手の右手首をストロボマシンで力まかせに叩いた。

男が呻《うめ》いて、大型カッターナイフを通路に落とした。

瀬名は左手でカッターナイフを拾い上げ、切っ先を相手の顔面に押し当てた。右の頬だった。

「おまえら三人は、あの娘を輪姦《マワ》したなっ」

瀬名は踊り場の近くにいる杏奈を一瞥《いちべつ》して、白ずくめの男を睨《にら》みつけた。

「あんな娘、知らねえよ」

「世話焼かせんなって」

「知らねえもんは知らねえ」

男が怒鳴り返した。

瀬名はカッターナイフをいったん引き戻し、すぐに相手の右の太腿《ふともも》に刃先を突き立てた。勢いが余り、刃が折れた。

男が長く唸った。白いスラックスに鮮血が拡《ひろ》がりはじめた。

「もう少し粘ってみるかい？」

瀬名は薄く笑い、スライドをずらした。刃先が六、七センチ頭を出す。

「魔が差したんだよ。勘弁してくれ」

「名前を聞いとこうか」

「田代《たしろ》だよ」

「暴行仲間の二人の名前は？」

「盛山《もりやま》と藤野《ふじの》」

「その二人は、どこにいる？」

「まだ百軒店《ひゃっけんだな》のカラオケパブにいるよ。おれは少し酔っ払ったんで、会社の長椅子でひと眠りしてから自分の家に帰ろうと思ったんだ」

「そのカラオケパブに、おれを案内しろ」

「刺されたとこが痛くて歩けないよ」

田代と名乗った男が泣きを入れた。

「おまえのペースに合わせて、ゆっくり歩いてやる」

「あの女の子に土下座して謝るから、なんとか見逃してくれねえか」

「甘ったれるな。早く立て！」

瀬名は声を高めた。

田代が渋々、のろのろと起き上がった。しかし、次の瞬間には猛然と通路を走りだしていた。

杏奈を楯《たて》にする気なのか。瀬名はすぐさま田代を追った。田代は杏奈を突き飛ばすと、階段の降り口に向かった。

「待てーっ」

瀬名は全速力で駆けた。

踊り場に達したとき、田代が階段のステップを踏み外した。彼は頭から階段を転がり落ち、四階の踊り場に留《とど》まった。

首が奇妙な形に捩《ねじ》曲がっていた。俯《うつぶ》せに倒れたまま、まるで動かない。首の骨が折れたとしたら、もう生きてはいないだろう。ひとまず姿を消したほうがよさそうだ。

瀬名は踵《きびす》を返し、杏奈に駆け寄った。

3

頭が重い。

寝不足だった。瀬名は、こめかみを指の腹で揉んだ。自宅マンションのベッドに浅く腰かけていた。

もうじき正午になる。起きたのは、ほんの数分前だった。

館は手洗いの中で唸《うな》っていた。冷蔵庫の中にあった腐りかけた牛乳か何かを勝手に飲み、腹の具合が悪くなったのだろう。

瀬名は大きな欠伸《あくび》をすると、セブンスターに火を点けた。

昨夜は猛烈に忙しかった。瀬名はサーブで杏奈を自由が丘の自宅に送り届けると、西麻布のカフェ『ミッシェル』に急いだ。

しかし、すでに店は閉まっていた。すぐに瀬名はクラブ『コア』に回った。だが、ジョージのモデル仲間のゲルやター坊は店にいなかった。

瀬名は夜明け近くまで、『コア』で待ってみた。だが、真正銃を持っているというゲルやター坊はとうとう現われなかった。

やむなく瀬名は帰宅した。すると、ダイニングキッチンの床に横たわっていた館隆一郎が痴話喧嘩《げんか》の一部始終を早口で語りはじめた。おまけに、瀬名はたっぷり愚痴《ぐち》を聞かされた。

姪の詩織が流れ弾《だま》を受けたことや事件の背景を喋るころには、だいぶ瞼《まぶた》が重くなっていた。それでも何とか話し終え、ベッドに潜《もぐ》り込んだ。とうに朝陽《あさひ》は昇りはじめていた。

館がトイレに駆け込む音で、瀬名は目を覚ましたのだ。

一服し、テレビのスイッチを入れる。前夜、階段から転落した田代という男のことが気になったからだ。だが、どの局もニュースは流していなかった。

おそらく男は転落死したのだろう。瀬名はテレビのスイッチを切った。

ちょうどそのとき、手洗いから館が出てきた。

「腹をこわしたようだな？」

「そうなんですよ。あんまり腹が空いたもんだから、無断で冷蔵庫のパック牛乳を飲んだら……」

「あの牛乳は半月以上も前に買ったんだ。変な味がしたはずだがな」

「ええ、味がおかしかったですよ。でも、なにせ腹が減ってたんで、飲んじゃったんです」

「ドジだな」

瀬名は微苦笑《びくしょう》した。館が頭を掻《か》きながら、ダイニングテーブルについた。

「会社、どうするんだ？」

「休みますよ。下痢気味だし、こんな恰好《かっこう》ですからね」

「それもそうだな」

瀬名は短く応じた。

館はTシャツの上に格子柄の長袖シャツを重ねていた。下はチノクロスパンツだった。

「瀬名さん、二、三万貸してもらえないっすか？」

「いいよ」

「映画でも観《み》て、夕方まで時間を潰そうと思ってんです」

「その後は、家に帰って女房に詫びを入れるつもりだな？」

「そんなことしませんよ。ぼくも男です。風俗店で遊んだぐらいでガタガタ言う妻なんか張り飛ばしてやりますっ」

「ずいぶん威勢がいいじゃないか。その調子で、いっそ離婚しちまえよ。独身に戻ったら、気楽だぜ」

「瀬名さん、妙な焚《た》きつけ方をしないでくださいよ。ぼく、基本的には陽子を愛してるんです。あいつと別れる気なんかありません」

「だったら、かみさんに謝るんだな」

「今度ばかりは、ぼくも突っ張ります。いつも甘い顔を見せてると、そのうち妻の尻に敷かれることになりますからね」

「もう敷かれてるじゃないか」

「そんなことありませんよ。亭主関白とまではいかないけど、言うべきことは言ってます。時には、平手打ちだって……」

「嘘つけ！」

「平手打ち云々《うんぬん》は嘘ですけど、時々、陽子を怒鳴りつけてます」

「それは逆だろうが。おれにまで見栄《みえ》張るなって」

「そうっすね」

館が自嘲《じちょう》的な笑みを浮かべた。

そのすぐ後、部屋のインターフォンが鳴った。瀬名はベッドから立ち上がり、玄関に急いだ。

ドアを開けると、館の妻が立っていた。

「やあ、しばらく！」

「夫がお邪魔してませんでしょうか？」

「来てるよ」

瀬名は言葉を切り、大声で館を呼んだ。ややあって、館が神妙な面持《おもも》ちでやってきた。

「あなた、男なのっ。逃げるなんて、卑怯《ひきょう》じゃない！」

陽子が切り口上で言った。

「ちょっと待てよ。ぼくは逃げ出したんじゃない。きみに追い出されたんじゃないか」

「なに言ってるの。わたしは、あなたの裏切り行為を詰《なじ》っただけだわ」

「いや、きみはスリッパでぼくの頭を叩こうとした。それから、蹴飛ばそうともしたじゃないか」

館が言い募《つの》った。

瀬名は二人の間に割って入った。

「悪いが、夫婦喧嘩は自分の家でやってくれ。寝不足で、頭がガンガンするんだ」

「すみません、つい興奮してしまって」

陽子が瀬名に謝罪し、強引に夫にジョギングシューズを履《は》かせた。

「話のつづきは、自宅でやりましょうよ」

「きみは先に帰ってくれ。ぼくは映画を観てから、夕方、家に戻る。その方がお互いに冷静に話し合えるじゃないか」

「わたしは冷静だわ」

「いや、いつもの陽子じゃないよ」

「冷静です！　二度とおかしな場所に足を踏み入れないという誓約書を書いてくれなかったら、それなりの覚悟をしてもらいますからね」

「覚悟？」

館が問いかけた。陽子がハンドバッグから四つ折りにした離婚届を抓《つま》み出し、ゆっくりと押し開いた。

「陽子、冗談だろ⁉」

「いいえ、本気よ」

「ぼくは、それほど悪いことをしたのかな」

「したのよ。さ、家で話し合いましょう！」

「まいったなあ」

館が泣き笑いの表情になった。

陽子は瀬名に一礼し、くるりと背を向けた。館がうろたえ、あたふたと妻を追った。

瀬名は笑いを嚙み殺し、外出の仕度に取りかかった。

ほどなく部屋を出た。サーブで、姪の入院先に向かう。

目的の救急病院に着いたのは、二十数分後だった。

詩織は集中治療室から個室に移されていた。そこには、瀬名の両親と姉がいた。詩織は依然として、昏睡《こんすい》状態にあった。

「たったひとりの孫が植物状態になったりしたら……」

母が瀬名に顔を向けてきた。

「大丈夫だよ。詩織の意識は、きっと戻るって」

「でも、お医者さんは意識が戻らないかもしれないとおっしゃったのよ」

「やめなさい、そんな話は」

詩織の右手の甲を撫《な》で摩《さす》っていた父が、瀬名たち二人を咎《とが》めた。姉の由紀子も不快そうな顔つきだった。

「また、顔を出すよ」

瀬名は誰にともなく言い、姪の病室を出た。

長く病室に留まることは、あまりにも辛すぎた。医者が言ったように、もう詩織は喋ることも笑い転げることもできなくなるのだろうか。

あの愛くるしい笑顔を見られなくなると思うと、さすがに瀬名は感傷的な気分になった。同時に、レストランで発砲した今村譲司に対する怒りと憎悪が改めて膨れ上がった。実行犯を陰で操っていた人物がいたとしたら、絶対に容赦できない。

瀬名は車に乗りこむと、東急東横線の学芸大学駅をめざした。

氏家の空手道場に着いたのは、午後一時半ごろだった。

道場に氏家の姿はなかった。隣の整体治療院を覗《のぞ》くと、氏家は壁の古ぼけた人体図を細い棒で指して六十年配の男性患者に何か説明していた。

いつもの藍色《あいいろ》の作務衣《さむえ》の上下だった。例によって、履物《はきもの》は下駄だ。

瀬名は氏家に目顔で外で待っていると告げ、整体治療院の前の路上にたたずんだ。

煙草を一本喫い終えたとき、患者が先に姿を見せた。やや遅れて氏家が現われた。

「待たせちゃって、すまん！」

「いや、気にしないでくれ。宮原修平に関する情報、集めてくれたか？」

瀬名は訊いた。

「ああ。瀬名、昼飯は？」

「朝から何も喰ってないんだ」

「そうか。おれも、まだ昼飯を喰ってないんだ。カツ丼でも掻き込もう」

氏家が大股《おおまた》で歩きはじめた。

瀬名も足を踏み出した。二人は駅前商店街の中ほどにある蕎麦屋《そばや》に入った。

客は一組しかいなかった。瀬名たちは隅のテーブルにつき、カツ丼を注文した。

「殺された宮原修平は不動産コンサルタントと称してたが、一種の地下げ屋だったらしいよ」

氏家が茶をひと口啜《すす》ってから、小声で言った。

「もっと具体的に話してくれ」

「わかった。宮原はメガバンクや生保会社が大量に抱え込んでる不良担保物件に柄の悪い連中を住まわせて、短期賃貸借権を楯《たて》にして立ち退《の》きを頑強に拒んでるらしいんだ」

「テナントビルやマンションに居坐ってる占有屋だったのか」

「ああ。叔父貴からの情報だから、間違いないだろう」

「宮原の狙《ねら》いは、破格の立ち退き料なんだな?」

「いや、そうじゃないって話だったよ。宮原は債権者のメガバンクや生保会社の競売を阻止して、自分自身で担保物件を超安値で買い叩いてたらしいんだ」

「一介の占有屋がテナントビルやマンションを買い取れるわけがない。たとえ超安値であってもな」

瀬名は言って、セブンスターをくわえた。

「おれも、そう思うよ。おそらく宮原には、スポンサーがいたんだろう」

「そいつは、ほぼ間違いないな。宮原の後ろにいる人物は安く買い叩いた不動産を転売して、ひと儲けする気なんだろう」

「そういえば、最近、外国の銀行や不動産投資会社が日本の銀行の不動産担保付きの不良債権を積極的に買い取ってるな」

「外資勢は、日本の地価が底値に近づいたと判断したんだろう」

「そうにちがいないよ。邦銀は不良債権の処理は進むが、安値で処分せざるを得ないだろう。いい気味だ」

氏家が嬉しそうに言った。

日本の地価が下落しはじめたころから、外資勢はわが国の不動産に興味を示すようになった。中でも、華僑《かきょう》資本の動きが目立った。東京駅周辺の商業地やオフィスビルへの投資を重ね、旧国鉄用地応札もした。

さらに欧米資本も、日本の不動産担保付き債券の買い取りに相次いで乗り出した。東京三菱（現三菱東京ＵＦＪ）銀行は穀物商社カーギル社の系列会社に約五十億円、ゴールドマン・サックス証券に約百二十五億円、米国の投資ファンドに約二百億円の不良債権を売却した。買い取り価格は、元本の一割前後が相場だ。

外資の攻勢は凄《すさ》まじい。セキュアード・キャピタルは、年に元本一兆円以上のペースで日本の不良債権を買い取ってきた。大手投資銀行のモルガン・スタンレーは、大京の売れ残りマンションを約四百億円で買い取った。

「外資が日本の不良債権の買い取りに続々と参入してるのは、それだけ旨味《うまみ》があるからだろう。メガバンクの中には、元本を割ってでも早く不良債権を処分したがってるところもあるようだからな」

「そうだってな。外資は、日本で買った債券や不動産を証券にして、投資家たちに売ってるんだろう?」

「そうらしい。投資家は、その物件から得られる収益で配当を得る仕組みになってるはずだよ」

瀬名は短くなった煙草の火を揉み消した。

「何かで読んだんだが、日本の不動産担保付き債券を買い漁《あさ》ってる外資は大手金融機関だけじゃなく、禿鷹《バルチャー》と呼ばれてる怪しげな投資会社も増えてきたそうだぜ」

「砂糖には、大蟻《おおあり》も小蟻も群がるさ」

「占有屋だった宮原を操ってたのは、そんな禿鷹《はげたか》なのかもしれないな」

「氏家《ウジ》、そう結論を急ぐなって。まだ事件の核心に触れたわけじゃないんだからさ」

「そうだな。それで、どの程度まで探れたんだ?」

氏家が問いかけてきた。

瀬名は、これまでの経過をつぶさに話した。

「『宮原エンタープライズ』の田代って男は、死んだよ。正午のニュースで、そいつが階段から落ちて死んだと言ってた」

「やっぱり、そうか」

「警察は事故と事件の両面で捜査中だとも言ってたよ。それはそうと、今村譲司は相変わらず完全黙秘をつづけてるそうだ」

「その情報も、警視庁の日下氏から得たのか？」

「いや、ジョージに関する情報は息子の幸輝から探り出したんだ。ジョージが犯行動機を明かそうとしないのは、新見杏奈のレイプ事件を表沙汰《おもてざた》にしたくないからなんじゃないだろうか」

「おれは、そうじゃないような気がするんだが……」

「ジョージが杏奈の件で、『宮原エンタープライズ』に怒鳴り込んだ事実があったかどうかがはっきりすれば、犯行動機も明らかになるんだがな」

「そいつを確かめる前に、田代って奴は転落死しちまったんだ」

「そういう話だったな。レイプ犯の盛山と藤野って奴をどこかに誘い込んで、少し締め上げてみよう」

「そうするか。依光真寿美に色仕掛けで盛山たち二人を誘《おび》き出してもらおう」

「瀬名、女性を利用するのはよくないよ」

「おまえが思ってるほど、彼女は純でもないし、か弱くもないんだ。多分、協力してくれるさ」

「女性を利用するようなことはしたくないな」

氏家が低く呟《つぶや》いた。

瀬名は聞こえなかった振りをして、茶を飲んだ。湯呑《の》み茶碗を卓上に戻したとき、ようやくカツ丼が運ばれてきた。

二人は割り箸《ばし》を手に取った。

4

部屋には、ハーブの香りが満ちていた。

広尾にある『広尾アビタシオン』の八〇一号室だ。依光真寿美の自宅マンションである。

瀬名は居間のソファに坐っていた。

間取りは2LDKだった。リビングは二十畳ほどの広さだ。家具や調度品の類《たぐい》は、いかにも値の張りそうな物ばかりだった。

「コーヒーでいいでしょ？」

真寿美がそう言いながら、ダイニングキッチンの方から摺《す》り足でやってきた。洋盆《トレイ》を両手で持っていた。

ベージュのシルクブラウスに、オリーブ色のミニスカートという組み合わせだった。ウエストがくびれ、腰は豊かに張っている。蜜蜂《みつばち》のような体形だ。

「コーヒーよりも、あっちのほうがよかったな」

瀬名は、隅に置かれたワゴンに目をやった。そこには、スコッチ・ウイスキーやブランデーの壜《ボトル》が何本も載《の》っていた。

「まだ陽が沈みきってないじゃないの。それに、段取りを決めておかなくちゃならないのよ。コーヒーで我慢しなさい」

「そうするか」

「あなたは、ブラックだったわよね」

真寿美が二つのコーヒーカップを卓上に置き、正面のソファに腰かけた。剝《む》き出しの膝小僧が眩《まばゆ》い。

「こら、どこを見てるの！」

「内腿《うちもも》の奥が見えると思ったんだが」

「子供の時からスカートを穿《は》いてるのよ。そんな無防備な坐り方はしないわ」

「少しはサービスしろよ」

「なんで、わたしがあなたにスカートの奥を見せなきゃならないわけ？」

「癪な話だが、おれはきみに惚《ほ》れてる。だからさ」

「ずいぶん勝手な言い分ね。悪いけど、わたしはあなたに特別な関心なんか持ってないわ。何遍《なんべん》も言ったけど、興味があるのは……」

「わかってる。銭と宝石だろう？」

「ええ、その通りよ」

「いい女だ。いつか必ず口説いてみせる」

「ちょっとイケメンだからって、あまり女を甘く見ないほうがいいわよ。いい気になってると、また床に叩きつけるからね」

「そいつは遠慮願いたいな」

瀬名は苦笑し、コーヒーカップを引き寄せた。

女強請屋《ゆすりや》は合気道の有段者だ。瀬名は真寿美の唇を奪おうとして、投げ飛ばされたことがあった。それも一度や二度ではない。

「電話で経過は聞いてるから、さっそく本題に入りましょうよ」

「相変わらず、無駄がないな」

「無駄《ロス》をどう少なくするかが、経営コンサルタントの腕の見せどころだもの」

「よく言うぜ。経営コンサルタントと称してるが、その素顔は凄腕《すごうで》の強請屋じゃないか」

「経営コンサルティングの仕事も一応、ちゃんとやってるわ」

「それは、どうだかな」

「信用してない口ぶりね。ま、いいわ。それより、『宮原エンタープライズ』の盛山と藤野という男をどこに誘い込めばいいの？」

　真寿美が問いかけてきた。

「白金のレインボーホテルの一二〇五号室を予約しといた。おれと氏家は午後六時からロビーで待機してる」

「相手は、たったの二人なんでしょ？　何も実戦空手の先生にお出まし願わなくても、わたしひとりで片をつけられるわよ」

「きみの役割分担をなるべく少なくしたいのさ。出番を増やすと、おれの取り分まで持ってかれそうだからな」

「わたし、それほど欲深じゃないわ。取り分はフィフティ・フィフティで結構よ。もちろん、首謀者にたどりつけなくても諸経費は請求しないわ」

「その取り分のことなんだが、六四でどうだい？　獲物の匂いを嗅《か》ぎつけたのは、このおれだからな」

「最低！」

「え？」

「土壇場になって駆け引きするなんて、みっともないわよ。第一、ケチ臭いわ」

「しかし、おれのほうが何かと苦労が多いからな」

「五分五分の線は譲れないわ。それで手を打ってくれなきゃ、わたしは降りる」

「わかったよ。きみの条件を呑もう。その代わり、今夜、一緒に白金のホテルに泊まってくれないか」

「相手を間違えてるんじゃない？」

「誤解しないでくれ。きみにのしかかる気なんかない。一晩、きみとじっくり語り明かしたいと思ってるんだよ」

「そんな手に引っかかるほどの小娘じゃないわ。氏家さんを誘ってみたら？」

「喰えない女だ」

瀬名は口の端を歪《ゆが》め、コーヒーカップを持ち上げた。真寿美が小さく笑ってから、急に真剣な顔になった。

「姪の詩織ちゃんのことが心配ね」

「ああ」

「それにしても、流れ弾に当たるとは運が悪いわ」

「まったくな」

「あなたの詩織ちゃんに対する想いはわかるけど、私情は排したほうがいいと思うわよ。そうじゃないと、物事の判断を誤ったりするから」

「わかってる」

「なら、いいの。余計なことを言っちゃったわね。ごめんなさい」

「別に気にしてないよ」

「そう」

会話が途絶えた。

真寿美がコーヒーを飲む。唇の動きがなまめかしかった。

瀬名は、思わず真寿美の口唇愛撫《あいぶ》を受けている自分の姿を想像してしまった。一瞬、体が反応しそうになった。

瀬名は慌《あわ》てて気を逸《そ》らし、煙草に火を点けた。セブンスターを半分ほど喫ったとき、懐《ふところ》でスマートフォンが鳴った。

「ちょっと失礼！」

瀬名は真寿美に断って、スマートフォンを耳に当てた。

「ぼくです」

館の声だ。

「女房と別れることになったのか？」

「瀬名さん、性格が悪くなったっすね。一応、円満解決ってことになったんです」

「かみさんが言ってた誓約書を認《したた》めたようだな？」

「冴えない話なんですけど、書きました。陽子をあれ以上怒らせると、離婚騒ぎに発展しそうでしたんでね」

「やっぱり、そうなったか」

「なんか残念がってるみたいに聞こえるなあ」

「ああ、ちょっと期待外れだったよ。ほんの少しだけだが、おまえが開き直るかもしれないと思ってたんだ。しかし、別れなくてよかったんだろう？」

「くどいようだけど、ぼく、陽子に未練があるんです」

「ま、よかったじゃないか」

「ええ、そうですね。ちょっと締まらない感じだけど」

「ペナルティーは誓約書だけで済んだのか？」

瀬名は訊いた。

「いいえ。朝食の仕度と洗濯を毎日やらされることになったんです。それから向こう一カ月間、ボディーソープで局部を念入りに洗うことも命じられました」

「その間は、セックスレスか？」

「ええ、そういうことなんでしょうね」

「怕《こわ》い女房だな」

「でも、いい面もあるんですよ。陽子は近所の年寄りには親切ですし、動物愛護の精神も人一倍強いんです」

館が臆面《おくめん》もなく、自分の妻を誉め称《たた》えた。

「なんだかんだ言っても、夫婦だな。おまえたち二人は、似合いのカップルなんだろう。喧嘩しながらも、添い遂げろよ」

「そうなりそうですね。ところで、何かお手伝いすることは？」

「いまんところ、まだおまえの出番はないな。かみさんのランジェリーをしっかり洗ってやれ」

瀬名は茶化して、先に電話を切った。スマートフォンをしまったとき、真寿美が口を開いた。

「ジョージという坊やは、なぜ黙秘権を行使してるんだと思う？」

「そいつが謎なんだよ。高二のガキがそこまで頑張れるのは、よっぽどの理由があるからだろう」

「そうでしょうね。新見杏奈って女子高生のレイプ事件に触れたくないからだけじゃなさそうね」

「そのことも喋りたくないんだろうが、ほかにも何か理由があるはずだ」

「ジョージは覚醒剤《スピード》の新しいルートを摑んだらしいって話だったけど、凶器の拳銃はその線から入手したんじゃない？」

「遊び仲間のマサルって奴の話によると、ジョージはヤー公を嫌ってたらしいんだ」

「でも、本物の拳銃を欲しがってたんでしょ？」

「そうらしい」

「真正銃欲しさに、ジョージは代理殺人を引き受けたんじゃないのかしら？」

「その可能性はあるな」

瀬名は、またコーヒーを口に運んだ。

「射殺された宮原修平は、占有屋のボスだったのよね？」

「ああ」

「宮原は暴力団とトラブルを起こしてたんじゃない？」

「その組織がマゥザーM2をあげるという約束で、ジョージに宮原を撃たせた？」

「ええ。そう考えると、ジョージが完全黙秘してる理由の説明がつくでしょ？　拳銃をくれたのは、おっかない組織だから、口を割るわけにはいかない。それから、おそらくジョージは、その組織から上質の覚醒剤《スピード》を分けてもらってたんでしょうね」

「だから、口が裂けても拳銃の入手先は自白《ウタ》えないってわけか」

「わたしは、そうなんだと思うわ」

真寿美が口を結んだ。

そうなのだろうか。瀬名は自問した。

「ぼちぼち行動開始の時刻だわ」

「そうだな。部屋は鈴木一郎って偽名で予約したんだ。一泊の予約だから、五万も渡しておけば充分だろう」

「宿泊の保証金は、わたしの経費から出しておくわよ」

「後が怖いな」

「土壇場になって取り分を多くしてくれなんて言わないから、安心してちょうだい」

「それを聞いて、安心したよ」

「うまくやるから、氏家さんとレインボーホテルのロビーでのんびり待ってて」

真寿美が自信ありげに言った。

瀬名は女強請屋の自宅を辞去し、エレベーターに乗り込んだ。サーブは、マンションの前の路上に駐《と》めてある。

まだ五時を数分過ぎたばかりだった。

瀬名は西麻布の『ミッシェル』に行ってみる気になった。エンジンをかけたとき、杏奈から電話がかかってきた。

「きのうは家まで送ってくれて、ありがとう。あれから、西麻布に行ったの？」

「『コア』に明け方近くまでいたんだが、ゲルもター坊も現われなかった」

「その二人のことなんだけど、きのうの晩、ゲルとター坊は横浜の第三管区海上保安本部の人に取っ捕まっちゃったんだって」

「何をやったんだ?」

「逗子《ずし》マリーナで盗んだモーターボートで沖に出て、ゲルたち二人は海上で拳銃の試射をしてたんだって。それで、警備艇の人に見つかったって話だったわ」

「その話、誰から聞いたんだ?」

瀬名は訊《たず》ねた。

「顔見知りの男の子よ。その子も高校生モデルをやってるの」

「そうか。ゲルとター坊は、第三海保に身柄を拘束されてるんだな?」

「ううん、二人とも数時間後に釈放されたらしいわ」

「釈放されたって⁉」

「そう。ゲルの伯父さんが海上保安庁の偉い人らしいの。その伯父さんが事件を揉み消したんじゃない?」

「おそらく、そうなんだろう」

「世の中、いんちきだらけよね」

「そうだな」

「そんなことがあったらしいから、ゲルもター坊も当分、夜遊びは慎むと思うの」

「だろうね。実は、これから西麻布に行ってみようと思ってたんだよ」

「無駄足になるんじゃない？　必要なら、ゲルかター坊の自宅の住所を調べてあげるわよ。モデルやってる男の子たちに何人か当たれば、多分、わかるでしょう」

「そうしてもらえると、ありがたいな」

「オーケー、わかったわ。住所がわかったら、すぐに教えてあげる」

杏奈の声が熄《や》んだ。

少し早いが、ホテルで待機することにした。瀬名は車を白金に走らせた。

二十数分で、レインボーホテルに着いた。

サーブをホテルの駐車場に入れ、ロビーに足を踏み入れる。瀬名は備えつけの新聞を二紙ほどラックから引き抜き、回転扉のそばのソファにゆったりと腰かけた。

新聞を読み終えて間もなく、作務衣姿の氏家がやってきた。ホテルの従業員が氏家の下駄に気づき、小声で言った。

「お客さま、下駄履きはご遠慮ください。サンダルか、スリッパをご用意させていただきます」

「下駄の音が響かなければ、別に問題はないよね？」

「はい」

「それじゃ、こうしよう」

氏家は裸足《はだし》になって、下駄を手にした。若いホテルマンは何か言いかけたが、そのまま自分の持ち場に戻っていった。

「日本人が下駄で自由に動き回れないなんて、どこか変だよ」

氏家がそう言いながら、瀬名のかたわらに坐った。

「確かにそうだが、ここは和風旅館じゃないんだ。仕方ないさ」

「それにしても、何もかも西洋化するのは問題だよ」

「ま、堅いことを言うなって。それより、新情報を摑んだぜ」

瀬名は、少し前に杏奈から聞いた話を伝えた。

「高校生モデルが二人も本物の拳銃を持ってるってことは、割にたやすく銃器を買えるルートがあるのかもしれない。今村譲司も、そういう密売組織から犯行に使ったマウザーM2を買ったんじゃないのか？」

「杏奈が、ゲルかター坊の自宅の住所を調べてくれることになってるんだ。いずれ、拳銃の入手先は判明するだろう」

「そうだな。ところで、真寿美さんから何か連絡は？」

「別にないよ。多分、うまく事が運んでるんだろう」

「真寿美さんに色目を使われたら、ほとんどの野郎は引っかかるよな。おれだって、誘いを断れないと思う」

「氏家《ウジ》、ああいうタイプの女には気をつけろよ。うっかり近づいたら、必ず火傷《やけど》するぞ」

「おまえ、おれを牽制《けんせい》してるな。彼女は魅力的だが、身のほどを知ってるよ」

「いい心がけだ」

「だからって、瀬名、真寿美さんを戯《たわむ》れに口説いたりするなよ。おまえって奴は、女に対して、まるで誠意がないんだから。真寿美さんを弄《もてあそ》んだりしたら、顔面に正拳《せいけん》をぶち込むからな」

氏家が真顔で忠告した。

「弄ばれてるのは、おれのほうさ」

「おまえたち、いつ深い関係になったんだ⁉」

「早とちりするな。別に体を弄ばれてるわけじゃない。精神的に翻弄《ほんろう》されてるって意味さ」

「彼女は賢い女性だから、瀬名の邪《よこしま》な気持ちを見抜いてるんだろう。おまえも、真寿美さんのことは諦めるんだな」

「おまえに指図されたくねえな」

瀬名は言い返した。

氏家が素足をばたつかせて、大仰《おおぎょう》に嬉しがって見せた。

瀬名は読み終えた二紙を氏家に押しつけ、煙草に火を点けた。氏家は新聞の記事を拾い読みしはじめた。

真寿美がホテルのロビーに入ってきたのは、午後六時十五分ごろだった。

彼女は、二人の男を従えていた。ともに二十代の後半で、どこか荒《すさ》んだ印象を与える。盛山と藤野だろう。

真寿美は、瀬名たち二人には目もくれなかった。男たちを伴って、フロントに直行する。

「やつら二人は、おそらく丸腰じゃないだろう。真寿美さんがいくら合気道を心得てても、ちょっと心配だな。瀬名、すぐに三人を追おう」

「慌てることはないさ。女強請屋は、刃物を出されても怯《ひる》んだりしないよ」

「男たちが飛び道具を持ってたら、どうするんだっ」

「それでも、彼女なら、なんとかするだろう」

「おまえには、騎士道精神の欠片《かけら》もないのか。呆《あき》れた奴だ」

「おれより、彼女のほうがずっと強いからな」

「男として、恥ずかしくないのか」

「ああ、全然……」

「なんて奴なんだ。それが日本男児の言うことか。世も末だな」

氏家が長嘆息した。瀬名は相手にならなかった。

真寿美たち三人は、すでにエレベーターホールに達していた。五分ほど経《た》ってから、瀬名は氏家を促した。

エレベーターで十二階に上がり、一二〇五号室に急ぐ。氏家が部屋のチャイムをせっかちに鳴らした。待つほどもなく、ドアが開けられた。真寿美がにっこり笑って、部屋の奥を手で示した。

二人の男がソファセットの近くに倒れ、腰のあたりを摩っていた。

「ずんぐりしたほうが盛山で、のっぺりした顔をした奴が藤野よ」

「どんな手を使って、二人をここに誘い込んだんだ？」

瀬名は真寿美に訊いた。

「ビル持ちの未亡人になりすまして、銀行に押さえられてる担保物件が競売にかけられそうだから、そこにいる二人に相談に乗ってほしいって甘えて見せたの」

「そうしたら、そいつら二人がのこのことついてきたってわけか」

「そういうこと。仕上げは、空手の達人にお願いするわ」

真寿美がそう言い、氏家の厳《いか》つい顔を見つめた。氏家は少年のように頬を赤らめ、盛山と藤野に近寄った。

盛山が身を起こし、闘牛のように頭から氏家に突進した。

氏家は敏捷《びんしょう》に後屈立ちの姿勢をとり、右三日月《みぎみかづき》蹴りを放った。胸板を蹴られた盛山が宙に浮き、背を大きく丸めた。

すかさず氏家は、盛山の背に猿臂《えんぴ》打ちを見舞った。盛山が呻き、ムササビのような恰好《かっこう》で床に落ちた。

「て、てめえ！」

能面のような顔をした藤野が跳ね起き、腰の革ベルトを引き抜いた。

その瞬間、氏家が気合を発して高く跳んだ。空中で、左右の脚が流麗に躍《おど》った。鮮やかな二段蹴りだった。

顔面と水月を蹴られた藤野は体をくの字に折って、窓辺まで吹っ飛んだ。空手道では、鳩尾《みぞおち》のことを水月と呼んでいる。

瀬名は拍手をしながら、盛山に近づいた。

盛山は倒れたまま、反撃する気配を見せない。氏家が心得顔で藤野を摑み起こし、すぐに利《き》き腕《うで》を捻《ねじ》り上げた。藤野が痛みを訴えた。

「正坐しろ」

瀬名は盛山に命じた。

盛山は従順だった。靴を履いたままで正坐するのは、けっこう難しい。上体は不安定に揺れていた。

「質問に正直に答えれば、もう手荒なことはしない」

「あんたら、何者なんだ?」

「勝手に喋るな」

「わ、わかったよ」

「ジョージが『宮原エンタープライズ』に乗り込んできたことは?」

「誰だって?」

「今村譲司のことだ。おまえら三人がレイプした女の子の彼氏で、宮原修平を射殺した高校生だよっ」

瀬名は声を張った。

「そんな奴、オフィスに来たことないよ」

「嘘じゃないな?」

「ああ」

「おまえら、占有屋だなっ」

「…………」

「答えたくないってか。いいだろう、上等だ」

瀬名は上着のポケットから巾着型の目潰しを取り出し、香辛料混じりの砂を左手に零《こぼ》した。それを盛山の両眼に擦《こす》りつけた。

「うーっ、目が見えない！　や、やめてくれーっ」

盛山が両手で目許《めもと》を押さえ、上体を左右に振った。

「もう答えたくなったようだな」

「おれたちのことを占有屋なんて言う人間もいるが、不動産のオーナーとは短期賃貸借契約をきちんと交わしてるんだ」

「そんなことはどうでもいい。宮原は誰かと揉めてたな？」

「元相撲取りの追い出し屋とちょっとトラブってたんだ」

「追い出し屋？」

「おれたち占有屋の敵だよ。ビルやマンションの債権者に頼まれて、不動産から立ち退かない人間を力ずくで追い立ててんだ」

「そいつの名は？」

「堤《つつみ》、堤良太《りょうた》だよ。名前とは大違いの大悪党さ。三十三、四の図体のでかい野郎だよ」

「どこの組員なんだ？」

「関西の最大組織がバックについてるって噂《うわさ》だけど、詳しいことは知らない」

「堤って奴の事務所は、どこにあるんだ？」

「事務所はないようだよ。新宿のエクセレントホテルを月単位で借りてるみたいだな」

「おまえらのボスは、堤って追い出し屋に脅《おど》されてたのか？」

「ああ。うちの社長は堤に闇討ちにされるかもしれないって、特別誂《あつら》えの防弾チョッキをオーダーしてたんだ。でも、それが出来上がる前に、社長はあんなことになってしまったんだよ」

「堤のほかに、宮原と対立関係にあった人間は？」

「ほかには思い当たる人物はいないな」

「そうか。協力に感謝するよ」

瀬名は盛山をからかって、氏家に目で合図した。

氏家が藤野の前に回り込み、強烈な当て身を浴びせた。藤野は頽《くずお》れ、そのまま気を失った。

氏家が歩み寄ってきて、盛山にも当て身を見舞った。盛山が前屈《かが》みに倒れた。

「ジョージは新見杏奈の仕返しをしたんじゃないわね」

真寿美が瀬名に言った。

「そうだな。堤って追い出し屋に唆《そそのか》されたか、脅されたかして、宮原修平を射殺したのかもしれない」

「元力士の動きを探ってみましょうよ」

「大勢で動くのはまずいな。とりあえず、おれひとりで堤をマークしてみるよ。とにかく、ここを出よう」

瀬名は真寿美と氏家に言って、出入口に向かった。

第三章　射殺犯

1

元力士は、ひと目でわかった。

上背《うわぜい》は二メートル近い。体重は優に百三十キロはあるだろう。巨身も巨身だ。

瀬名は圧倒されそうだった。

エクセレントホテルのグリルである。追い出し屋の堤良太は、分厚いステーキをダイナミックに食べていた。三人前だった。

瀬名は二つ離れたテーブルで、シーフードピラフをつついていた。

堤はステーキを平らげると、葉巻きをくわえた。手はグローブのように大きい。太い葉巻きが小さく見える。

典型的な悪人顔だ。額が極端に狭く、三白眼《さんぱくがん》だ。

仕立てのよさそうな灰色のダブルスーツをきちんと着ているが、まともな市民には見えない。

瀬名は、堤の四股名《しこな》も知らなかった。もちろん、相撲のテレビ中継でも観《み》た記憶はない。おおかた堤は幕内入りする前に、角界を去ったのだろう。

瀬名もセブンスターに火を点《つ》けた。

午後八時過ぎだった。堤は、どこかに外出するつもりなのだろう。十階の自分の部屋からグリルに降りるのに、わざわざネクタイまで締めるとは思えない。

堤は一服すると、のっそりと立ち上がった。巨体をキャッシャーまで運び、伝票にサインをした。

瀬名はさりげなく腰を上げ、手早く支払いを済ませた。グリルを出ると、元力士の姿を目で探した。

堤はエレベーターホールにたたずんでいた。

瀬名は自然な足取りでロビーを横切り、堤の斜め後ろに立った。そのとき、堤が小さく振り返った。

まともに顔を見られると、何かと不都合だ。

とっさに瀬名は、腕時計に視線を落とした。堤が前に向き直った。

追い出し屋の呼吸音は大きかった。太りすぎで、心臓に負担がかかりすぎているのだろう。

エレベーターの扉が左右に割れた。下降ボタンが灯《とも》っている。

堤が函《ケージ》の中に乗り込んだ。

瀬名は隣のエレベーターの前に移動した。堤を乗せたエレベーターの扉が閉まり、下降しはじめた。

瀬名は階数表示ランプを見上げた。

エレベーターは地下二階で停止した。その階は駐車場だった。

瀬名は、エレベーターホールの先にある階段を駆け降りた。地下二階のスチール・ドアを開け、駐車場に入る。

堤はブリリアントグレイのメルセデス・ベンツのドア・ロックを解いているところだった。広い駐車場の中央のあたりだ。

瀬名の車は、スロープの近くに駐《と》めてあった。そこまで、うつむき加減に歩く。

サーブのエンジンをかけたとき、堤の車が目の前を通り過ぎていった。ベンツがスロープを登り切ってから、瀬名は車を発進させた。

ホテルの地下駐車場を出ると、堤の車は靖国《やすくに》通りに入った。そのまま曙橋《あけぼのばし》方面に進み、外堀《そとぼり》通りを走り、ＪＲ市ヶ谷駅の少し先で左折した。市谷田町《いちがやたまち》のあたりだ。

瀬名は一定の車間距離を保ちながら、ベンツを追尾しつづけた。

五百メートルほど先で、元力士のドイツ車が停まった。八階建ての雑居ビルの前だった。

瀬名はベンツの五、六十メートル後方の暗がりにサーブを寄せ、すぐにヘッドライトを消した。

堤がベンツを降り、雑居ビルの中に消えた。

瀬名はエンジンを切って、外に出た。雑居ビルまで足早に歩く。

ビルの入居者プレートを見ると、たった一つしか掲げられていなかった。

三階の友和商事のプレートは真新しい。占有屋が短期賃貸借権を得て、この雑居ビルに居坐っているのだろう。

瀬名はビルを仰《あお》ぎ見た。

三階の一室の窓だけが明るい。友和商事の事務所だろう。ほかの窓は真っ暗だった。

瀬名は雑居ビルに入り、エレベーターに乗り込んだ。

三階で降りる。友和商事の事務所は、道路側の左端にあった。

ドア越しに、男たちの怒号が響いてきた。

「ほら、よく見ろ。これが短期賃貸借契約書だ」

「そんな契約書は効力がねえんだよ。家主の承認を得てねえ又貸しだからな」

「家主の承認を得ようと八方探し回ったんだ。でも、家主は借金取りから逃げ回ってたんで、居所がわからなかったんだよ」

「てめえらの魂胆《こんたん》は、わかってる。占有料だろうが！」

「失礼なことを言うな。ここは、れっきとした商事会社だ。オーストラリアからナッツ類を輸入してるんだっ」

「なら、帳簿を見せてもらいてえな」

「あんたに、そんな権利はないはずだ」

「つべこべ言ってねえで、この同意書に署名捺印《なついん》しな。そうしたら、二百万の立ち退《の》き料をキャッシュで払ってやらあ」

「そんな端《はし》た金《がね》で手を打てるか。こっちは、前の借り主の未払い家賃を一年分も肩代わりしてやってるんだ」

「一週間の猶予をやらあ。それでも事務所を明け渡さなかったら、神戸から血の気の多い若い衆が押しかけることになるぜ」

「そんな威《おど》しにビビるか。こっちだって、稲山会《いなやまかい》とはまんざら縁がないわけじゃないんだ」

「最大組織に喧嘩《ゴロ》巻こうとは、いい根性してるじゃねえか。面白《おもしれ》え、稲山会の総長でもだれでも呼んできな」

「褌《ふんどし》担《かつ》ぎの成れの果てが、でけえ口をたたきやがって」

「ついに本性を見せやがったな。早く日本刀《ポントウ》を抜けや」

「失《う》せろ！　とっとと帰らねえと、てめえをぶった斬《ぎ》るぞ」

「やってもらおうじゃねえか」

「くそっ、こっちに来るな。近寄ると、叩《たた》っ斬るぞ」

「声が震えてるぜ」

男同士の切迫した遣《や》り取《と》りが途切れ、揉《も》み合う音が伝わってきた。

片方が張り倒され、キャビネットの倒れる音が聞こえた。日本刀の折れる音もした。

元力士の追い出し屋が相手の凶器を奪い取り、足で日本刀を踏み折ったのだろう。

「そ、それで、刺す気なのか⁉」

「てめえの出方次第だな。同意書に判を捺《お》す気になったかよ？」

「おれの一存で署名捺印はできないっ」

「ここは、稲山会の企業舎弟《フロント》だな？」

「そういうわけじゃないんだ。二次団体の組長が個人的なビジネスとして、この会社を取り仕切ってるんだよ」

「それじゃ、その野郎に言っときな。一週間以内にここを明け渡さなかったら、そいつの家《ヤサ》に手榴弾《しゅりゅうだん》を投げ込むってな。ついでに、女房の股《また》も裂いてやると言っとけ」

堤が折れた日本刀を壁に叩きつける音が響いてきた。

ひとりで、堤を痛めつけるのは無理だ。後で、氏家を呼ぶことにした。

瀬名は大急ぎでエレベーターに乗り、一階に降りた。サーブに駆け寄り、素早く運転席に入る。

少し経つと、堤が雑居ビルから現われた。瀬名の尾行に気づいた様子はうかがえない。巨身の追い出し屋がベンツに乗り込み、荒っぽくスタートさせた。瀬名はエンジンを始動させ、ヘッドライトを灯した。

ふたたび尾行しはじめる。

ベンツは裏通りをたどって、外堀通りに出た。そのまま直進し、御茶ノ水《おちゃのみず》駅の手前で左に折れた。

瀬名は慎重に尾行しつづけた。

やがて、堤のベンツは湯島の低層マンションの横に停まった。三階建てで、エレベーターは設置されていない。

低層マンションに、愛人が住んでいるのかもしれない。

瀬名はベンツの数十メートル後ろに車を停止させ、手早くヘッドライトを消した。エンジンも切る。

堤は車を降りると、馴れた様子で低層マンションの階段に足を向けた。道路側に外廊下があり、各室の玄関ドアが見える。

瀬名は静かに車を降り、マンションの真向かいの民家の生垣《いけがき》に身を寄せた。門灯の光が届かない場所だった。

二階に上がった堤は、最も手前の角部屋のインターフォンを鳴らした。

ややあって、ドアが開けられた。二十二、三歳の派手な顔立ちの女が堤の太い首に両腕を回した。大男は女をぶら下げたまま、後ろ手にドアを閉めた。

二〇一号室に住んでいる女は、堤の愛人だろう。当然、二人はベッドで睦《むつ》み合うはずだ。

瀬名はサーブに戻り、氏家に電話をかけた。

「ちょっと手を貸してくれないか」

「元相撲取りを締め上げるんだな？」

氏家が言った。

「そう。なかなか手強《てごわ》い相手なんで、おれひとりじゃ心細いんだ」

「わかった。すぐに行くよ。で、どこにいるんだ？」

「湯島だよ。堤は少し前に、愛人らしい女のマンションに入ったとこだ」

瀬名は低層マンションの建つ場所を詳しく教え、先に電話を切った。

目黒区鷹番《たかばん》二丁目から文京区湯島までは、だいぶ離れている。氏家が愛車のパジェロを飛ばしても、小《こ》一時間はかかるかもしれない。

時間は、まだたっぷりある。瀬名は背凭《せもた》れを一杯に倒し、上体を傾けた。

そのとき、なんの脈絡もなく姪《めい》の顔が脳裏に浮かんだ。透明な笑顔だった。詩織の父親は、もう娘の病室にいるだろう。

愛娘《まなむすめ》の痛ましい姿を見て、義兄の井出慎之介はどんなにショックを受けていることか。できることなら、病院に駆けつけて井出を力づけてやりたかった。しかし、張り込みを中断するわけにはいかない。

一日も早く詩織の意識が蘇《よみがえ》ってほしい。

瀬名はそう祈りながら、軽く目をつぶった。

ジョージと堤に何か接点はあるのだろうか。もし何らかの繋がりがあったとしたら、ジョージは堤に殺人を依頼されたのかもしれない。人殺しの報酬は、いったい何だったのか。

ジョージは十年分の麻薬を貰《もら》えることになっていたのか。それとも、本物の拳銃を何挺《ちょう》もプレゼントしてもらえることになっていたのだろうか。

どちらにしても、ジョージは杏奈の仕返しのために宮原を撃ち殺したのではないことは確かだ。その事実を知ったら、杏奈はどんな気持ちになるだろうか。

彼女に事実を教えるのは、やはり惨《むご》い気がする。ジョージの犯行動機については、ぼかしつづけたほうがよさそうだ。

それにしても、代理殺人をクールにやってのけたジョージの心理がわからない。無軌道な若者は、いつの時代にも必ずいた。

しかし、犯行は衝動殺人ではない。殺し屋《プロ》たちと同質の犯罪である。動機はなんであれ、ジョージはあっさりと宮原を射殺してしまった。彼にとって、人間の命はペット並でしかないのか。

父親は優秀な心臓外科医らしいが、家庭でどう息子と接していたのだろうか。エリート家庭は傍目《はため》には幸福そうに見えても、その内実は崩壊寸前だったのかもしれない。お嬢さん育ちの杏奈にしても、精神的には満たされていない様子だ。大人たちは物質的な豊かさを追い求めているうちに、いつしか歪《いびつ》な生き方しかできなくなってしまったのではないか。

実際、そうした大人たちが多い。親がそんな具合なら、子供たちも伸びやかで健康的な生き方などできるわけがない。ある意味では、大人も子供も競争社会の犠牲者なのだろう。

生きづらい時代になったものだ。

瀬名は溜息《ためいき》をついた。

そのとき、スマートフォンが着信音を発しはじめた。瀬名は、すぐにスマートフォンを握《にぎ》った。

「わたしよ」

姉の由紀子だった。

「詩織の容態《ようだい》が急変したのか？」

「あの子、意識が戻ったのよ。ついさっきね」

「ほんとかい⁉」

「ええ。ショックが尾を曳《ひ》いてるみたいで、口はよくきけないんだけど、意識ははっきりしてるの。わたしが誰だかも、ちゃんとわかったのよ」

「そいつはよかった」

「あんたにきつく当たったりしたけど、赦《ゆる》してよね」

「気にしてないさ。義兄さんは？」

瀬名は問いかけた。

「すぐ横にいるわ。電話、替わろうか？」

「ああ、頼む」

「ちょっと待ってて」

姉の声が遠のき、すぐに井出が電話口に出た。

「渉君、心配をかけたね。由紀子から国際電話がかかってきたときは、全身の力がいっぺんに脱《ぬ》けてしまったよ。詩織のことが心配で心配でね」

「もう大丈夫でしょう。ショックが薄らげば、きっと元通りに喋《しゃべ》れるようになりますよ」

「焦らずに気長に待つよ」

「そうしてやってください」

「今度ばかりは、ロンドンに単身赴任したことを後悔したよ。最初は久しぶりに羽を伸ばせると喜んでたんだが、こんなことがあると、つくづく海外勤務が恨《うら》めしく思えたね。また海外に転勤するようなことがあったら、必ず家族全員で任地に赴《おもむ》く。短期のロンドン勤務なんで、詩織を転校させたくなかったんだ。しかし、やっぱり、家族はいつも一緒にいなくちゃね」

「それが理想ですよね」

「詩織が元気になるまで日本にいるつもりだから、一度、ゆっくり飲もう」

「いいですね。親父とおふくろが義兄さんとこに何日か厄介《やっかい》になると思いますが、ひとつよろしく！」

瀬名は電話を切った。

姪の意識が戻ったと知って、にわかに気分が明るくなった。とたんに、女の肌が恋しくなった。今夜は、今岡瞳《いまおかひとみ》のマンションを訪れることになっていた。瞳は二十六歳のスタイリストだ。自宅マンションは世田谷区の東北沢《ひがしきたざわ》にある。

瀬名は急に瞳の声が聴きたくなって、彼女のスマートフォンを鳴らした。

ツーコールで通話可能状態になった。

「おれだよ。いま、自宅かい?」

「仕事仲間と青山で食事してるとこ。もうじきマンションに戻るわ。先にシャワーでも浴びてて」

「まだ仕事中なんだ。いま、湯島にいるんだが、もう少し時間がかかりそうだな」

「どんなに遅くなってもいいから、会いに来て」

「ああ、行くよ。おれも、きみに会いたいと思ってたんだ。腰が動かなくなるほど愛し合おう」

瀬名は戯言《ざれごと》を囁《ささや》き、先に通話を終わらせた。

スマートフォンを上着の内ポケットに戻し、また瞼《まぶた》を閉じる。

堤が愛人らしい女と連れだって低層マンションから現われたのは、およそ三十分後だった。

二人でサパークラブにでも出かけるのかもしれない。女は着飾っていた。

堤がポケットからキーホルダーを抓《つま》み出し、ベンツに歩み寄った。立ち止まった瞬間、鈍い銃声がした。

元力士が棒のように倒れた。連れの女が悲鳴を放ち、堤に駆け寄る。

低層マンションの陰で、黒い人影が動いた。

瀬名は車を飛び出した。三階建てのマンションの出入口に達したとき、奥の暗がりから大型バイクが走り出てきた。無灯火だった。

ライダーは、黒いフルフェイスのヘルメットを被っていた。年恰好《としかっこう》は判然としない。

瀬名は反射的に跳び退《の》いた。

オートバイは風圧を残し、猛スピードで走り去った。一瞬の出来事だった。ナンバープレートの数字を読む余裕もなかった。

瀬名はベンツのそばまで駆け戻った。

堤は側溝のコンクリートの蓋《ふた》の上に横向きに倒れて、身じろぎ一つしない。頭部と顔半分が銃弾で吹き飛ばされていた。

街路灯の光が、ポスターカラーのような血糊《ちのり》を赤々と照らしている。頭蓋骨《ずがいこつ》の欠片《かけら》や脳味噌《のうみそ》が飛び散っていた。

「あんた、返事をして！　何か答えてよ」

派手な顔立ちの女が堤の体を揺さぶりながら、涙声で呼びかけている。瀬名は女の背後に立った。

「もう生きてはいないでしょう」

「誰なの？」

女が振り向いた。

「通りすがりの者です。犯人はオートバイで逃げた奴だと思います」

「まだ生きてるかもしれないわ。早く救急車を呼んで！」

「無駄でしょう。ちょっと失礼！」

瀬名は女のかたわらに屈《かが》み込み、元力士の右手首を取った。脈動は熄《や》んでいた。

「どうなの？　まだ生きてるわよね？」

「いいえ、残念ながら……」

「いやーっ！　嘘《うそ》よ、嘘だわ」

女は大男の遺体にしがみついて、激しく泣きはじめた。

瀬名は、女から堤のことをいろいろ聞きたかった。しかし、女の嗚咽《おえつ》は収まりそうもない。ろくでなしの元力士も、好きな女には優しかったのだろう。

瀬名は立ち上がった。そのとき、見覚えのある四輪駆動車が近づいてきた。氏家のパジェロだった。

瀬名は片手を挙げ、パジェロに向かって走りはじめた。

2

現場検証が終わった。

堤の遺体は、すでに警察の車に収容されている。大男の愛人と思われる女は所轄署の刑事の事情聴取を受けながら、しきりにハンカチで涙を拭《ぬぐ》っていた。その姿が痛ましい。

瀬名は野次馬の群れの中にいた。

彼も少し前に、警視庁機動捜査隊の刑事から事情聴取された。瀬名は偶然に現場に居合わせたと偽り通した。捜査員は別段、怪しまなかった。

「おい、瀬名……」

氏家が耳許《みみもと》で言った。瀬名は振り返った。

「車の中にいたんじゃなかったのか？」

「従弟《いとこ》の幸輝がいたんだよ」

「どこに？」

「こっちだ」

氏家が瀬名の袖《そで》を引っ張った。

覆面パトカーや鑑識車が並んでいる場所に、日下幸輝がいた。日東テレビ報道部の記者は、捜査員の話に耳を傾けていた。

瀬名と氏家はたたずみ、取材に区切りがつくのを待った。五分ほど経過すると、捜査員が同僚に大声で呼ばれた。

「チャンス到来だな」

瀬名は低く言った。

氏家が無言でうなずき、自分の従弟に声をかけた。日下幸輝が驚いた顔で走り寄ってくる。

「二人とも、こんな所で何をしてるんです？」

「おれがたまたま事件を目撃したんだ。氏家《ウジ》は少し後から、この通りに……」

「瀬名さんが目撃者だったとは、ラッキーだな。取材に協力してくれますね？」

「いいとも」

「犯人は被害者を撃って、すぐに大型バイクで逃走したんですね？　オートバイのメーカーや型《タイプ》は？」

「事情聴取のときに捜査員にも言ったんだが、とっさのことなんで、何もわからないんだ。ただ、逃げた奴は黒いフルフェイスのメットを被ってたよ」

瀬名はそう答えたが、冷静さを取り戻したときに単車がヤマハ製であることを思い出していた。しかし、わざわざテレビ記者に教える気はなかった。

「犯人の体つきは、どうでした？」

「細身だったよ。身長は百七十五センチ前後だろうな」

「メットを被ってたんじゃ、年恰好ははっきりしないでしょうね？」

「そうなんだ」

「動作は？」

「それなら、まだ若い奴ですね」

「敏捷《びんしょう》だったよ」

「おそらく、そうなんだろうな」

「バイクのナンバーも見てないんですね？」

「ああ」

「現場に薬莢《やっきょう》は一個しか落ちてなかったという話だから、射撃術に長《た》けてたんだろうな。犯人は元自衛隊員か、元警官という可能性もありますね」

「そういう先入観は持たないほうがいいと思うな。一般市民の中にもガンマニアは大勢いるし、海外の射撃場なら、誰でも実射できる。それに国内でもターゲット・ピストルなら、撃てるからね」

「ええ、そうですね。妙な先入観は捨てることにします」

日下幸輝が素直に言った。一拍置いて、氏家が年下の従弟に問いかけた。

「撃たれた男は何者なんだい？」

「元幕下力士で堤良太という名なんだけど、どうもまともな暮らしはしてなかったみたいだね。関西の暴力団幹部の用心棒のようなことをしてたらしいんだが、最近は不動産関係のトラブルに首を突っ込んでたって話だったよ」

「堤に前科歴は？」

「それはないそうだ」

「関西の暴力団と関わりがあるようだが、神戸の川口組かい？」

「刑事の話によると、そうだね」

「被害者と一緒にいた女性は？」

「黒沢麗子《くろさわれいこ》というんだ。上野のショーパブのホステスで、被害者とは恋愛関係にあったそうだよ。二十四歳らしい」

「ふうん」

「拓也ちゃん、ずいぶん熱心だね。本気で事件小説でも書く気なの？」

「なかなか書く時間がないんだが、ネタの仕込みだけはしておこうと思ってな」

「傑作を楽しみにしてるよ。まだ取材しないといけないから、また、ゆっくり……」

日下幸輝は氏家と瀬名に軽く頭を下げ、捜査員たちのいる所に駆けていった。

「どうする？」

氏家が訊《き》いた。

「いったん、ここから遠ざかろう。それで、頃合いを計って、黒沢麗子の部屋を訪ねようや」

「そうだな。しかし、何屋に化ける？」

「おれは週刊誌の特約記者になりすますつもりだったんだが、おまえは記者にもカメラマンにも見えそうにないな」

「どっちも無理だろうね。おれは表で待ってたほうがいいだろう？」

「そうしてもらおうか。とりあえず、どこかで時間を潰《つぶ》そう」

瀬名は先に歩き出した。

二人は、それぞれ自分の車に乗り込んだ。湯島神社の脇から春日《かすが》通りに出て、上野《うえの》広小路《ひろこうじ》に面したティー＆レストランの地下駐車場に入る。
一、二階がティールームで、三、四階がレストランになっていた。瀬名たちは一階の窓際の席につき、どちらもアイスコーヒーを注文した。
飲みものが運ばれて間もなく、瀬名のスマートフォンが振動した。

発信者は真寿美だった。瀬名は、その後の経過をかいつまんで話した。

「元力士の追い出し屋は、宮原修平の息のかかった奴に射殺されたんじゃない？」

「つまり、ボスの仇討《あだう》ちってわけだな」

「ええ。占有屋と追い出し屋は前々から、いがみ合ってたんじゃないかしら？」

「そのへんのことを堤の愛人から探《さぐ》り出そうって筋書きなんだよ。週刊誌の特約記者を装って」

「それは、いい考えね。でも、氏家さんは記者には見えないんじゃない？」

「本人もそのことを知ってるから、外で待ってるってさ」

「そうなの。氏家さんは時代遅れの男性だけど、わたしは彼みたいなタイプ、嫌いじゃないわ」

「冗談だろ？」

「ううん、真面目《まじめ》な話よ。といっても、恋愛の対象には考えられないけどね」

真寿美が言った。

「そうだよな。きみには、ちょっと崩れた危険な男が似合ってる」

「それ、自分のことを言ってるわけ？」

「うん、まあ」

「確かにあなたは少し崩れてるけど、ちっとも危険な男じゃないわ。何を考えてるのか、手に取るようにわかっちゃうもの」

「ちぇっ、言いたい放題だな」

「怒ってもいいわよ」

「くそっ、おれは年下じゃないぞ」

「うふふ。それより、姪っ子はどうなの？」

「意識が戻って、少し喋れるようになったそうだ。姉貴から電話があったんだよ」

「よかったわね。でも、少ししか喋れないっていうのは、どういうことなの？」

「まだショックが完全に消えてないんで、うまく喋れないんだと思う」

「それはそうよね。でも、本当によかったわ」

「ありがとう。何か手がかりを掴《つか》んだら、きみに連絡するよ」

瀬名は通話を打ち切った。スマートフォンをしまったとき、氏家が言った。

「電話の相手、真寿美さんだったんだろう?」

「ああ」

「おまえと彼女、なんか波長が合ってる感じだな」

「妬《や》けるか?」

「ちょっぴりな」

「彼女、氏家《ウジ》のことは嫌いじゃないってさ」

「ほんとか⁉ それは嬉しいな」

「おっと、喜ぶのはまだ早いぜ。おまえは嫌いなタイプじゃないが、恋愛の対象には考えられないそうだ」

「残酷な奴だ。そういうことはストレートに言うもんじゃないだろうが」

「そうだった。反省しよう」

「でも、真寿美さんに嫌われてないだけで充分だよ。それはそうと、詩織ちゃんのこと、なぜ、最初におれに話してくれなかったんだ?」

「他意はなかったんだ。つい言い忘れちゃったんだよ」

「冷たい叔父さんだ。詩織ちゃんのことより、強請《ゆすり》の獲物探しのことで頭が一杯だったんだろうが」

「そうじゃないよ。おれは詩織を巻き添えにした陰の人物を懲らしめてやりたいと思ってるだけで、今回は悪銭《あくせん》を脅《おど》し取ることは二の次だと……」

「悪党が急に綺麗事を言うなよ。瀬名らしくないぜ」

「そうだな、確かに」

瀬名は反論しなかった。姪の問題を口にするのは偽善といえば、偽善だろう。

「悪党は悪党に徹したほうがいいよ。しかし、あまり金に執着しないほうがいいんじゃないのか。もう遣い切れないほど悪人どもから口止め料を脅し取っただろうが」

「金ってやつは、いくらでも遣い途《みち》があるんだ。これで、もう結構とはいかないもんさ」

「欲が深いな」

「氏家《ウジ》は金銭欲がなさすぎる。空手道場の門弟が六十七、八人しかいないのに、五千円の月謝しか取ってない。家賃や光熱費を払ったら、たいして残らないはずだ」

「いいんだよ。おれは、空手で金儲けをしようとは思ってないんだから。だから、整体治療院のほうの収入で生計をたててるんだ」

「それにしても、楽じゃないはずだぜ。氏家はおれの裏稼業の手助けをしてくれてるんだから、働きに見合った取り分を受け取るべきだよ。そうしてくれりゃ、おれの気持ちの負担も軽くなるのに」

「瀬名の言い分はわかるが、おれは自分の節度を守りたいんだ。行動哲学を貫き通したいんだよ」

「悪人狩りには情熱を燃やすが、汚れた金は貰いたくないってわけだ？」

「そういうことになるな」

「どこまで禁欲的《ストイック》な男なんだ。いまどき、そんな生き方は流行《はや》らねえぞ」

「わかってるよ。でも、いいんだ。おれは自分の流儀で生きてるんだから」

「変人！　偏屈だよ、おまえは」

「おまえは女狂いで、自分に甘すぎる」

「説教はやめてくれ」

「都合が悪くなると、すぐそれだ」

「言われてみりゃ、確かにな」

二人は顔を見合わせると、同時に笑った。

瀬名は性格も価値観もまるで異なる氏家と長く親交がつづいていることを時々、不思議に思う。互いに友情を抱きつづけていられるのは、どうしてなのか。相手の人柄を好ましく感じているからなのかもしれない。

瀬名たちはアイスコーヒーを啜《すす》りながら、一時間あまり雑談を交わした。それから、二人は湯島の事件現場に引き返した。

三階建ての低層マンションの前には、人の姿はなかった。捜査員や報道関係者は、だいぶ前に引き揚げたようだ。野次馬の影さえなかった。

瀬名はサーブを降り、後ろのパジェロに歩み寄った。氏家がパワーウインドーを一杯に下げた。

「あんまり強引な取材はするなよ。黒沢麗子は彼氏の急死で悲しみの真《ま》っ只中《ただなか》にいるんだから」

「おれも焼きが回ったな」

「え？」

「氏家《ウジ》に女の扱いを教えられるとは思わなかったぜ」

瀬名は憎まれ口をたたいて、低層マンションに足を向けた。

二〇一号室には、電灯が点いていた。瀬名は二階に上がり、黒沢麗子の部屋のインターフォンを鳴らした。

だが、応答はなかった。麗子は泣き疲れて、眠ってしまったのだろうか。

瀬名はそう思いながらも、もう一度インターフォンを押した。すると、室内で人の動く気配がした。

ややあって、ドアが開けられた。麗子が泣き腫《は》らした顔を少し逸《そ》らし、先に口を開

「あなた、さっきの男性《ひと》よね？」

「そうです。お連れの方、残念でしたね。お悔やみ申し上げます」

「どうもご丁寧に。それで、ご用件は？」

「実はわたし、『週刊トピックス』の特約記者なんですよ。鈴木一郎といいます」

瀬名はありふれた姓名を騙《かた》り、偽名刺を差し出した。名刺入れの中には、いつも二十数種の偽の名刺を忍ばせていた。

「週刊誌の記者さんだったの」

「ええ、そうなんです。たまたま事件現場に居合わせて犯行を目撃したことに何か運命的なものを感じましてね、取材をしてみる気になったんです」

「嬉《うれ》しいことじゃないんで、週刊誌で記事にされるのは……」

相手が難色を示した。

「お気持ちはよくわかります。しかし、新聞の通りいっぺんの記事じゃ、殺された堤良太さんが浮かばれないでしょ？　かつて相撲界で大いに期待された方が若死にされたわけですから」

「あなた、彼のことをどこで調べたの⁉」

「知り合いの刑事から、堤さんのことを教えてもらったんです。その刑事は大変な相撲ファンで、堤さんの入門当時のことまで憶えてましたよ。期待のホープだったそうですね」

瀬名は作り話を澱《よど》みなく喋った。こういうことには馴れていた。

「彼も自分でそんなことを言ってたわ。稽古中に右膝を傷《いた》めて、泣く泣く土俵を降りることになっちゃったらしいの。酔うと、力士だったころの話をよくしてたわ」

「そうですか。失礼ですが、堤さんとはお親しい間柄だったんでしょ？」

「ええ、まあ。近いうちに一緒に暮らすことになってたの」

麗子が表情を翳《かげ》らせ、睫毛《まつげ》をしばたたかせた。涙を堪《こら》えているのだろう。

「そういう間柄なら、当然、堤さんの仕事のこともご存じだったんでしょ？」

「不動産関係の仕事をしてるって話だったけど、わたし、細かいことは知らないのよ。良ちゃんも言いたがらなかったしね」

「こちらで調べたところによると、どうも堤さんは神戸の広域暴力団と繋がりがあったようなんです」

「やっぱり、素人さんじゃなかったのね」

「そういう気配は感じ取れてたわけですか」

「うん。エクセレントホテルの彼の部屋には、その筋の連中がよく出入りしてたから」

「そうですか」

「良ちゃんは堅気じゃなかったんだろうけど、わたしにはとっても優しかったの。足の爪を切ってくれたり、耳垢《みみあか》を取ってくれたりね。でも、あまり手先が器用じゃなかったから、たいてい後でやり直すことになったけど」

「堤さん、誰かに命を狙《ねら》われてるというような話をあなたに洩らしたことは？」

瀬名は問いかけた。

「そういうことはなかったけど、テナントビルやマンションに居坐ってる連中にいつか襲われるかもしれないと言ったことはあるわね」

「『宮原エンタープライズ』という不動産コンサルティング会社の名を堤さんから聞いたことは？」

「一度もないわ」

「そうですか。堤さんは、今村譲司という高校生と面識がありました？　通称ジョージという男の子なんですが」

「彼は若い男の子たちを嫌ってたわ。男のくせに髪を染めたりピアスをするのは、軟弱だって。そんなふうだったから、高校生の男の子とはつき合いなんてなかったと思うわ」

「そう。変なことをうかがいますが、堤さんは拳銃や麻薬《ドラッグ》の密売に関わってた様子はありませんでした?」

「あんた、何を言い出すのよっ。彼をそのへんのやくざと一緒にしないでちょうだい。良ちゃんが売人みたいなことをやるはずないでしょ。その筋の幹部みたいな人たちだって、彼にはペコペコしてたんだから」

麗子が機嫌を損ねた。

「参考までに訊いてみただけなんです」

「不愉快だわ。帰ってよ。すぐに帰らないと、塩をぶっかけるわよっ」

「わかりました。失礼します」

瀬名は一礼した。すると、部屋の主は荒々しくドアを閉ざした。

ジョージが堤に宮原殺しを頼まれた可能性はなさそうだ。殺しの依頼主は、いったい誰なのか。

瀬名は首を捻《ひね》りながら、階段を降りた。

低層マンションの前に出ると、氏家が走り寄ってきた。緊張した顔つきだった。

「何かあったのか?」

「ついさっき、大型バイクに乗った奴がマンションの前を行ったり来たりしてたんだよ」

「どんなメットを被ってた？」

「黒のフルフェイス型のヘルメットだったな」

「単車は、どこのだった？　ホンダか？　それとも、ヤマハだった？」

瀬名は畳みかけた。

「ヤマハのバイクだったよ。六五〇ccぐらいかな」

「そいつ、堤を襲った奴かもしれない。おそらく元力士が絶命したかどうか、確認しに犯行現場に戻ったんだろう」

「おれもそう直感したんで、オートバイの男に声をかけようとしたんだよ。そしたら、急に走り去ったんだ」

「ナンバーは？」

「プレートが大きく折られてて、数字は見えなかったよ。パジェロで追跡すべきだったな」

氏家が悔やんだ。

瀬名は氏家を励まし、麗子との遣《や》り取りを報告した。二人は今夜の調査を打ち切ることにし、おのおの自分の車に乗った。

3

寝室は仄暗《ほのぐら》い。

ナイトスタンドの淡い光がセミダブルのベッドに当たっている。今岡瞳はベッドに仰《あお》向《む》けに寝ていた。

瀬名は上体を折り、ベッドの毛布を大きくはぐった。

瞳が嬌声《きょうせい》を洩らした。全裸だった。瀬名は、瞳の肉感的な肢体《したい》を無遠慮に眺《なが》め下ろした。

豊かに実った乳房は横たわっていても、ほとんど形が崩れていない。ローズピンクの乳首は、早くも硬く張りつめている。

ウエストのくびれは深かった。腰の曲線が何とも悩ましい。

「狡《ずる》いわ、自分だけ……」

瞳が笑いを含んだ声で言い、瀬名の腰から水色のバスタオルを剝《は》ぎ取った。シャワーを浴びたばかりだった。

瀬名はベッドサイドに片膝を落とし、改めて白い裸身を目で愛《め》でた。

胸から下腹部までのスロープがたおやかだ。ほぼ逆三角形に繁った飾り毛は、艶やかに光っている。むっちりとした腿《もも》がなまめかしい。まだ充分に瑞々《みずみず》しかった。肌も白い。

「ね、来て」

瞳が甘くせがんだ。

瀬名は優しく体を重ねた。瞳の片方の乳房が弾んで、平たく潰れた。いい感触だった。二人は唇をついばみはじめた。

瀬名はタイミングを計って、瞳の舌を強く吸いつけた。瞳が喉《のど》の奥で呻《うめ》き、舌を深く絡めてくる。

瀬名は濃厚なキスを繰り返しながら、瞳の肌を愛撫《あいぶ》しはじめた。

瞳が、いつものように瀬名の頭髪をまさぐる。指先には、情感が込められていた。

瀬名は手を滑らせながら、唇を瞳の項《うなじ》に移した。舌の先を滑らせ、時折、軽く肌を吸いつける。甘咬《が》みもした。

すぐに瞳は喘《あえ》ぎはじめた。胸の波動が男の欲望を煽《あお》る。

瀬名は耳の縁や鎖骨の窪《くぼ》みを幾度もなぞった。

瞳は形のいい顎《あご》を浮かせ、淫蕩《いんとう》な声で呻いた。瀬名は瞳の首筋にくまなく唇を這《は》わせると、伸ばした舌で彼女の耳の後ろを軽く掃《は》いた。

そのとたん、瞳は裸身を甘やかに震わせた。そこは、彼女の性感帯だった。

瀬名は舌をさまよわせながら、トロピカルフルーツを連想させる二つの隆起を交互に揉みたてた。弾む肉の感触がたまらない。

痼《しこ》った乳首を指の間に挟んで乳房全体を揉むと、瞳は身を揉んで切なそうな声を洩らした。

瀬名は体の位置を下げ、二つの蕾《つぼみ》を代わる代わる口にいれた。吸いつけ、そよがせ、弾く。瞳が何か口走って、瀬名の体を探った。瀬名は一気に猛《たけ》った。瞳の指はリズミカルに動いた。

瀬名は乳首を含みながら、和毛《にこげ》に指を進めた。綿毛のように柔らかい。薙《な》ぎ倒し、五指で掻《か》き起こす。密やかな音が耳に心地よい。

繁《しげ》みの底で息づいている敏感な突起に指を伸ばす。その部分は蛹《さなぎ》のような形状になっていた。芯《しん》の塊《かたまり》は、ゴムのような手触りだった。指の腹で圧迫すると、真珠のようにころころと動いた。

瞳の手の動きが大きくなった。

瀬名は突起を抓んで揺さぶりたてた。瞳が体をくねらせ、淫《みだ》らな声を発した。彼女の手は一瞬、静止した。

瀬名は縦筋を指先でなぞった。

花弁は腫《は》れたように膨《ふく》らみ、半ば笑《え》み割れている。火照《ほて》りと潤《うる》みが感じられた。

瀬名はフリル状の扉を大きく押し拡《ひろ》げた。次の瞬間、熱い愛液があふれた。すぐに亀裂《きれつ》全体が濡れた。雫《しずく》となった蜜液《みつえき》が、会陰部《えいんぶ》を滑り落ちていく。

「体の奥が火事になったみたいよ」

瞳が呟《つぶや》くように言った。

瀬名は指を躍《おど》らせはじめた。ギタリストになり、ベーシストになった。淫靡《いんび》なサウンドが寝室に響きはじめた。

瞳はたちまち息を弾ませ、啜り泣くような声を洩らした。その腰は妖《あや》しくくねり、時に大きく迫《せ》り上げられた。男を奮《ふる》い立たせるような痴態だった。

瀬名は敏感な部分を情熱的に慈《いつく》しみつづけた。

二分も経たないうちに、瞳は最初の沸点《ふってん》に達した。愉悦の声は唸《うな》りに近かった。

瀬名は二本の指を潜《もぐ》らせた。

襞《ひだ》は規則正しく収縮を繰り返している。指を吸い込むような動きもあった。

瀬名は、瞳の内奥《ないおう》と感じやすい芽を同時に愛撫しはじめた。

それから間もなく、瞳は二度目の極みに駆け昇った。裸身を震わせ、憚《はばか》りのない声を放ちつづけた。

瀬名はいったん身を起こし、瞳の股間《こかん》に顔を埋《う》めた。

そこには、ボディーソープの香りが残っていた。瀬名は舌を乱舞させはじめた。瞳が猥《みだ》りがわしい声を零《こぼ》しつづけた。

呻きや短い言葉は、途中で何度も途切れた。息も絶え絶えの様子だった。

瀬名は相手の乱れ様《ようま》を目のあたりにして、一段と欲情を煽《あお》られた。

自然と舌技に熱が入る。赤い輝きを放つクレバスを舌全体で舐め上げ、尖《とが》った芽を舌の先で甘く嬲《なぶ》った。そうしながら、後ろのすぼまった部分を指の腹で揉みつづけた。

何分か経《た》ったころ、不意に瞳が内腿で瀬名の頬をきつく挟みつけた。

ほとんど同時に、彼女は三度目のうねりに呑まれた。体を硬直させ、悦《よろこ》びの声を高く低く轟《とどろ》かせた。脇腹には、波紋に似た震えが走っていた。

瀬名は舌を内奥に挿《さ》し入れ、複雑に折り重なった襞をくすぐった。

瞳は狂ったように腰をくねらせ、全身で歓喜を表した。眉は寄せられ、口は半開きだった。

少し休ませてやることにした。

瀬名は顔を上げ、瞳のかたわらに横たわった。仰向けだった。

快感の嵐が去ると、瞳はむっくりと起き上がった。両眼には、紗《しゃ》のようなものがかかっている。熱のあるような目だった。妖しかった。

瞳は瀬名の股の間にうずくまると、力を漲《みなぎ》らせたペニスに唇を被せた。

垂れた髪の毛が、瀬名の下腹や腿に触れる。少しくすぐったいが、悪くない感触だ。瞳がキウイフルーツに似た部分をまさぐりながら、舌を使いはじめた。

舌技は巧みだった。男の性感帯を的確に刺激してくる。しかも、強弱を心得ていた。一本調子に煽りたてるだけではなく、焦《じ》らすことも忘れなかった。

瀬名は徐々に体をターンさせ、互いに性器に舌が届く姿勢をとった。

二人は、ひとしきり口唇愛撫に耽《ふけ》った。五分ほど過ぎると、瞳が上体を起こした。

「もう待てないわ」

彼女はそう言いながら、瀬名の上に跨《また》がった。せっかちに腰を沈める。

瀬名は、生温かい襞に包まれた。密着感が強い。

瞳が腰を弾ませはじめた。

縦揺れ《ピッチング》と横揺れ《ローリング》が断続的に繰り返された。乳房は揺れっ放しだった。

瀬名はリズムを合わせて、下から突き上げた。結合度が深くなるたびに、瞳は甘やかな声で呻いた。

瀬名は頃合を計《はか》って、体を離した。

すぐさま瞳を這わせ、後背位で体を繋ぎ直す。瀬名は片手を乳房に回し、もう一方の手でクリトリスを愛撫した。

「あふっ、たまらないわ。頭が変になりそう」

瞳が自《みずか》ら腰を振りはじめた。

左右に振るだけではなかった。大きく小さく腰を回した。

瀬名も突っ走りはじめた。肉と肉が派手にぶつかり、ベッドのスプリングが鳴りはじめた。

「ああ、またよ。わたし、また……」

瞳の語尾は、スキャットに変わった。悦楽の唸りは野太かった。

ワンテンポ遅れて、瀬名も抑制していたエネルギーを放出させた。思わず声が洩れた。一瞬、痺《しび》れるような感覚が訪れた。

蠢《うごめ》く襞の群れがペニスに一斉に吸いついてくる。

すぐに瀬名は強く締めつけられた。瞳が息を吸い込む瞬間は、きつく搾《しぼ》り上げられた。二人は余韻を味わってから、重なったままシーツに崩れた。

「このまま死んでもいいわ」

「おれは、まだ死にたくない」

「冷たいのね」

瞳が拗《す》ねた口調で言った。

「その逆さ」

「え？　どういうこと？」

「きみともっともっと秘密を共有したいから、まだ死にたくないんだよ」

「同じ台詞《せりふ》を何人の女に言って喜ばせたの？」

「今夜、初めて口にしたんだ」

「嘘ばっかり！」

「これで、おれの熱い想いはわかってもらえるだろう」

瀬名は、まだ硬度を保っている分身を瞳の中でひくつかせた。瞳が長く呻いた。

やがて、二人は体を離した。

瞳は腹這いになったまま、動こうとしない。疲れ果ててしまったのだろう。

瀬名は煙草《たばこ》を喫《す》いたくなった。情事の後の一服は格別にうまい。

脱いだ服はダイニングキッチンにある。瀬名はティッシュペーパーで体を拭《ぬぐ》い、そっとベッドを降りた。

ダイニングテーブルの椅子《いす》に素っ裸で腰かけ、セブンスターに火を点けた。あと数分で、午前一時だ。

煙草の火を消して浴室に向かいかけたとき、上着の内ポケットでスマートフォンが鳴った。瀬名はスマートフォンを摑み出した。

電話をかけてきたのは、新見杏奈だった。

「まだ寝てなかったでしょ？」

「ああ、大丈夫だ。ゲルか、ター坊の自宅の住所がわかったんだね？」

「ゲルの自宅は神宮前にあって、ター坊の家は成城五丁目にあるんだって。でも、二人はどっちも自分の家にはいないわ。二人とも西麻布の『コア』にいるの。こっそり家を抜け出して、気晴らしをしてるんじゃない？」

「きみも『コア』にいるのか？」

「ええ」

「これから、店に行くよ。二人が帰る気配を見せたら、なんとか引き留めといてもらいたいんだ。いま、東北沢にいるんだよ。四十分前後で、そっちに着くと思う」

「オーケー、任せといて」

「それじゃ、後で」

瀬名は電話を切り、浴室に駆け込んだ。ざっとシャワーを浴びて、手早く衣服を身につけた。

ちょうどそのとき、奥の寝室からバスローブを羽織った瞳が現われた。

「何かあったの？」

「得意先の会社の重役が交通事故に遭《あ》ったらしいんだ。ちょっと出かけてくる。先に寝《やす》んでてくれないか」

瀬名は言い繕《つくろ》って、慌《あわ》ただしく瞳の部屋を出た。

エレベーターで一階に降り、表に走り出る。サーブはマンションの前の道に駐《と》めてあった。瀬名は車に乗り込み、住宅街を走り抜けて世田谷通りに出た。

三軒茶屋から玉川通りに乗り入れ、ひたすら直進する。都心に向かう車の量は少なかった。

西麻布まで三十分もかからなかった。

瀬名は『コア』の近くにサーブを路上駐車させ、杏奈の待つクラブに急いだ。店は洒落《しゃれ》たデザインの飲食ビルの三階にある。

ほどなく瀬名は『コア』に入った。

ヒップホップ・ミュージックに合わせて、三十人前後の若い男女が踊っていた。店内は割に暗い。出入口で目を凝《こ》らしていると、奇抜な服を着た杏奈が走り寄ってきた。

「二人は？」

瀬名は低く問いかけた。

「うまく引き留めといたわ」

「ありがとう」

「ゲルとター坊をうまく屋上に連れ出すから、先に行ってて」

杏奈が踊るようにターンし、ダンスフロアに足を向けた。

瀬名は店を出て、最上の八階までエレベーターで上がった。階段を使って、屋上に出る。

人影はなかった。街の灯《ひ》が一望できる。六本木界隈《かいわい》は妙に明るい。瀬名は給水タンクの陰に身を潜《ひそ》めた。

数分過ぎたころ、男女の話し声が耳に届いた。

「ジョージがいないうちに、浮気する気になったのかよ？　悪い女だぜ」

「星を見ながら、３Ｐなんていうのもオシャレじゃない？」

「おまえ、すげえこと言うね。おまえがその気なら、おれたち、つき合ってもいいぜ。な、ター坊？」

「アオカンなんて久しぶりだよ。二人で杏奈をイキまくらせちゃおう」

別の若い男の声が混じった。

瀬名は給水タンクの陰から出た。二人の少年が立ち竦《すく》んだ。

「こっちがゲルよ」

杏奈が言って、八分丈のゴルチエのパンツを穿《は》いた美少年の肩を叩いた。美少年は、アニマル柄の厚底シューズを履《は》いている。

もうひとりは、キューピーヘアだ。フリーマーケットで買い集めたらしい古着ファッションでまとめていた。ター坊だろう。

「なんの真似だよっ」

ゲルが杏奈に言った。詰《なじ》るような口調だった。

「このおじさん、ちょっとした知り合いなの。ゲルもター坊も質問に答えてやってよ」

「ふざけんな。なんだって、おれたちがそんなことをしなきゃなんねえんだ」

「そうだよ。『コア』に戻ろう」

ター坊がゲルに同調し、背を向けようとした。瀬名は二人の少年を呼び止めた。

「手間は取らせない。ジョージのことで、幾つか教えてもらいたいことがあるだけだ。協力してくれないか」

「何が知りたいわけ？」

ゲルがうっとうしげに言った。

「ジョージは最近、覚醒剤《スピード》や大麻《ガンジャ》を誰から手に入れてた？」

「知らねえよ、そんなこと」

「それじゃ、拳銃の入手ルートは？」

「あんた、何者なんだよっ」

「刑事じゃないから、安心しろ。きみらがノーリンコ54やローシンL9を隠し持ってたこと、それから昨夜《ゆうべ》きみらが逗子沖で拳銃の試し撃ちをやって海保に取っ捕まったことには興味ない」

「薄気味悪い野郎だな。ター坊、こいつをぶっ飛ばそう」

ゲルが仲間に言い、拳《こぶし》を固めた。

瀬名はストロボマシンでゲルの目を眩《くら》ませ、横蹴りを放った。ゲルが尻餅《しりもち》をつく。

「この野郎ーっ」

ター坊が殴りかかってきた。

瀬名はストロボマシンの先でター坊の喉を突き、体当たりをくれた。ター坊が大きくよろけて、後ろに引っくり返った。

瀬名はゲルの首を抱え込み、ター坊の近くまで引きずっていった。空いている左腕でター坊の首根っこを引き寄せ、少年たちの頭を力まかせにバッティングさせた。

重い音が響き、二人は横倒れに転がった。

瀬名は少年たちのポケットをことごとく検《しら》べた。どちらも物騒な物は所持していなかった。

「きみはノーリンコ54をどこで手に入れたんだ？」

瀬名はゲルに訊いた。

ゲルは口を引き結んで答えようとしない。瀬名は靴の底をゲルの側頭部に載《の》せ、左右に踏みにじった。

ゲルが女のような悲鳴をあげ、体を縮めた。

「もうやめてくれよ。おれたち、東門会《とうもんかい》の人に拳銃を十五万で譲ってもらったんだ。

二十発の実弾付きでね」

　ター坊が言った。

　東門会は六本木を根城にしている暴力団だ。構成員は千数百人だろう。麻薬の密売、管理売春、金融会社などを手がけ、違法カジノも経営してる。

「誰から譲ってもらった？　そいつの名前を言うんだっ」

　瀬名は声を張った。

「東門会村《むら》井《い》組《ぐみ》の近藤《こんどう》さんだよ」

「下の名は？」

「等《ひとし》さんだよ」

「いくつぐらいなんだ？」

「三十六、七かな。坊主頭で口髭《くちひげ》を生やしてる。芋洗坂《いもあらいざか》、知ってる？」

「ああ」

「坂の下に『戻り川』って小料理屋があるんだけど、夜はたいていその店にいるよ。ママが近藤さんの情婦《おんな》なんだ。組に拳銃がだぶついてるらしくて、金さえ出せば売ってくれるんだよ」

「ジョージも、その男からマゥザーＭ２を買ったのか？」

「そこまでは知らないよ。ただ、覚醒剤《スピード》は只《ただ》で貰ってるとか言ってた。編集プロダクションを経営してる中年男だって言ってたけど、名前までは知らない。そいつ、きっとゲイだよ。ジョージの歓心を買いたくて、どっかから麻薬《クスリ》を手に入れてんだろう」

「まだ隠してることがあるんじゃないのかっ」

「もう何もないよ」

ター坊が震え声で答えた。

ゲルは小声で悪態をついていたが、立ち上がろうとしなかった。瀬名は杏奈を促《うなが》し、屋上から八階に降りた。

「ジョージに覚醒剤《スピード》を只でやってたって中年男は何者なのかな。ひょっとしたら、その男が拳銃も手に入れてくれたんじゃない？」

「東門会の近藤って奴がジョージに拳銃を売ってないとしたら、その可能性もあるな」

「拳銃の入手先がわかったら、こっそり教えてよね。やっぱり、わたしをレイプした奴らを自分で裁きたいの。じゃなければ、ジョージに悪いもん」

杏奈が言った。

これ以上黙っていると、杏奈は『宮原エンタープライズ』の盛山と藤野を射殺することになるかもしれない。

瀬名はそう判断し、今村譲司の犯行動機に杏奈のレイプ事件は関わりがなさそうなことを明かした。

「そんな話、信じないわ。ジョージは、絶対にわたしの代わりに復讐《ふくしゅう》してくれたのよ」

「そう思いたいだろうが、事実はそうじゃなさそうなんだ」

「ジョージは少し浮気者だったけど、わたしをずっと大事にしてくれてたのよ。いい加減なことを言わないでっ」

杏奈が目に涙を溜《た》め、高く叫んだ。

いつかわかる日が来るだろう。瀬名は杏奈に背を向け、エレベーター乗り場に急いだ。背後で、杏奈が泣き崩れた。

瀬名は振り向かなかった。感傷は禁物だ。

4

軒灯《けんとう》は消えていた。

しかし、店の電灯は点いている。『戻り川』だ。粋な小料理屋だった。

瀬名は店のガラス戸を開けた。

着物姿の三十歳前後の女が小上《こあ》がりの座卓を台布巾《だいふきん》で拭《ふ》いていた。瓜実顔《うりざねがお》の色っぽい女だった。

「ごめんなさい。今夜は、もう看板にさせてもらったんですよ」

「ママさん？」

「ええ、女将《おかみ》ですけど」

「別に飲みに来たわけじゃないんだ」

「以前、どこかでお目にかかってる方かしら？」

「いや、初対面ですよ。実は近藤さんに会いたくて、ここにお邪魔したんだ」

瀬名は言った。妖艶《ようえん》な女将が探るような眼差《まなざ》しを向けてきた。

「失礼ですが、どちらのお身内でしょう？」

「やくざ者ではありません。近藤さんに折り入って、お願いがありましてね」

「彼はいま、お風呂に入ってるの」

「そうですか。少し待たせてもらってもいいかな？」

「近藤さんのことは、どなたからお聞きになったんです？」

「西麻布で遊んでるター坊の紹介です。ゲルのこともよく知ってます。あいつは、高校の後輩なんですよ」

瀬名は、もっともらしく答えた。

「あなたのお名前は？」

「鈴木です」

「それで、ご用の向きは？」

「近藤さんに直《じか》に頼みたいことがあるんですよ」

「焦《こ》げついた債権の取り立てか何かね」

「ええ、まあ。取り次いでもらえます？」

「はい」

女将が小上がりから降り、奥に引っ込んだ。アップに結い上げた髪が、ほっそりとした首筋を際立たせていた。一条《ひとすじ》のほつれ毛が婀娜《あだ》っぽかった。

柳腰で、腰は豊かに張っている。床上手《とこじょうず》に見えた。

瀬名は小上がりに浅く腰かけた。

数分待つと、女将が戻ってきた。

「すぐに参るそうです。ビール、召し上がります？　突き出しの空豆が少し残ってるの」

「もう店を閉めたんだから、ご迷惑でしょう？」

「いいんですよ。たいした手間がかかるわけじゃありませんから。カウンターのほうにどうぞ」

「それじゃ、遠慮なく」

瀬名は腰を浮かせ、素木《しらき》のカウンターの中ほどに坐《すわ》った。

女将が突き出しの小鉢を瀬名の前に置き、ビールの栓を抜く。瀬名は薄手の高そうなグラスでビールを受けた。

「あなたも一杯どうです？」

「せっかくですけど、今夜は少々、飲みすぎましたので」

「そういうことなら、無理強《じ》いはやめましょう」

「無調法で申し訳ありません」

「いいえ。着物がよくお似合いだな。粋筋《いきすじ》のご出身なんでしょう？」

「ええ、まあ。三年ばかり神楽坂《かぐらざか》で芸者をやっていました」

女将が控え目に応じた。

瀬名は一息にグラスを空けた。女将が色気のある仕種《しぐさ》で酌をしてくれた。

「何か事業をなさってるのかしら？」

「小さな会社をやってます」

「社長さんですのね。まだお若いのに、ご立派だわ」

「銀行の貸し渋りにあったりして、毎日、金策に駆けずり回ってますよ」

瀬名は調子を合わせて、空豆を口の中に放り込んだ。

そのとき、奥からブランド物の緑色のポロシャツを着た坊主頭の男がやってきた。剃髪頭《スキンヘッド》ではなく、昔風の坊主刈りだった。

瀬名は立ち上がった。

「突然、押しかけてご迷惑だったと思います。鈴木といいます」

「近藤です。ター坊やゲルのお知り合いだとか？」

「ええ、そうなんですよ」

「カウンターじゃ、落ち着かんでしょう？　こっちに移りましょうや」

近藤が如才《じょさい》なく言って、小上がりに上がった。

瀬名は座卓を挟んで近藤と向かい合った。女将は二人分のグラスとビールを卓上に用意すると、さりげなく店の奥に引っ込んだ。

「お近づきのしるしに」

近藤がビール壜《びん》を摑み上げた。

瀬名はグラスを半分ほど空け、ビールを受けた。近藤が自分のグラスを満たし、軽く掲げた。

両手の小指の先はなかった。不始末の責任を取らされたにちがいない。

この男は、組の掟《おきて》など屁《へ》とも思っていないのではないか。こういうアウトローは、おだてるに限る。

瀬名はそう判断し、おもねるように言った。

「幹部ともなると、さすがに貫目《かんめ》が違いますね。静かな凄《すご》みとでもいうようなものが感じられますよ」

「まだまだ駆け出しでさあ。やっと村井組の若頭《カシラ》になったとこですんでね」

「どうして、どうして。たいした貫禄《かんろく》ですよ。ご自分の組を構えるのも、そう遠くないでしょう」

「早く組を張りたいとは思ってるんでさあ。けど、一家を構えるとなったら、五億、十億の金がないとね。わたしに、それだけの才覚はありませんや。弥生《やよい》、ここのママに小遣《こづか》い貰ってる始末ですすんでね」

「ご冗談を……」

「ほんとの話でさあ。こうも不景気じゃ、銀行はやくざ者に百万も貸してくれません。遣り繰《シノギ》りがきつくなる一方で、われわれも大変ですよ」

近藤がビールを呷《あお》り、口髭に付着したビールの泡を手の甲で拭った。

「確かに何かと大変でしょうね」

「ええ、楽じゃありませんや。組にしたって、上納金を都合するのに、蛸《たこ》みてえに自分の足を喰ってる始末でさあ。いい例が拳銃の売《バイ》だ」

「それは大変だな」

「ところで、取り立《キリトリ》てのご相談ですね。ご存じでしょうが、わたしらの取り分は回収分のちょうど半分になります。要するに、折半《オレ》ですね。一千万円集金したら、その場で五百万円を貰います。その際《さい》、領収証の発行は勘弁してもらってます。そういう条件でよけりゃ、仕事、やらせてもらいまさあ」

「実は債権の取り立ての相談じゃないんですよ」

「しかし、おたくは弥生にそのようなことを……」

「ええ、確かにそう受け取られるような答え方をしました。ですが、そうでもしないと、警戒されるんじゃないかと思ったもんで」

「警戒？」

「実はわたし、ガンマニアなんですよ。ゲルやター坊に分けてやった物をわたしにも譲ってもらえないかと思いましてね」

瀬名は声を潜《ひそ》めて言った。

近藤が用心深げに瀬名の顔をうかがった。瀬名は相手の言葉を待った。だが、近藤は口を開こうとしなかった。

「ゲルはノーリンコ54、ター坊はローシンL9をあなたから安く譲ってもらったんだって喜んでましたよ」

「ちっ、口の軽い奴らだ」

「ジョージには、マウザーM2を分けてやったんでしょ？」

瀬名は探りを入れた。

「誰なんです、ジョージって？」

「ゲルやター坊のモデル仲間ですよ。モデルといっても、素人《しろうと》ですがね」

「その坊やがなんてったか知らねえが、おれはそいつに会ったこともねえぜ」

近藤が急にぞんざいな口調になった。

「おかしいな。ジョージは近藤さんから拳銃《ハンドガン》を買ったと言ってたんです」

「ちょっと待ちなよ。おたく、あやつけに来たのかっ。え？」

「誤解なさらないでください。わたしは、ジョージがそう言ってたと申し上げただけで、他意はまったくないんです」

瀬名はことさら怯えて見せた。

「ジョージなんて小僧は、本当に会ったこともねえんだ」

「そうですか。多分、ジョージがはったりのつもりで、近藤さんのお名前を出したんでしょう」

「迷惑な話だぜ」

「ええ、そうでしょうね。しかし、考えようによっては名誉なことじゃありませんか」

「名誉だって⁉」

「そうです。遊び好きの高校生たちの間でも、あなたのお名前が知れ渡ってるってことですから。男稼業を張ってる方は顔と名前を知られなければ、存在価値がないでしょ？」

「そりゃ、そうだがな」

近藤が少し表情を和《なご》ませ、顎を撫《な》でた。女の肌をさするような撫で方だった。どちらかといえば、近藤は醜男《ぶおとこ》だ。頭の回転も早くはない。

こんな取柄《とりえ》のない男が弥生のようないい女を情婦にできたのは、性的な技巧に長《た》けているからだろう。色気のある女将は近藤に官能を煽られ、どんなふうに乱れるのか。二人の秘め事をこっそり覗《のぞ》いてみたいものだ。

「おたく、まさか警察《サツ》の人間じゃねえだろうな」

「わたしは一般市民ですよ」

「ただのサラリーマンには見えねえな」

「フリーで、市場調査の仕事をしてるんですよ。そんなことより、わたしにも一挺売ってもらえませんかね。どうしても本物の拳銃が欲しいんです」

「誰か殺《や》っちまいてえ人間でもいるんですかい？」

「そんな人間はいません。真正銃を忍ばせてると、何かと心強いと思うんですよ。だから、手に入れたいんです」

「撃《ハジ》いたことは？」

「ハワイやグアムの射撃場で数え切れないほど実射してます」

「それなら、拳銃《ドウグ》の扱い方はよく知ってるわけだ」

「ええ、分解できるぐらいの知識はあります。できれば、グロック26が欲しいんですがね」

瀬名は言った。

「そいつは、オーストリア製の高性能拳銃だったな」

「ええ、そうです。そちらの言い値で買いますよ。ただし、実包《じっぽう》を五十発付けてください」

「悪くねえ話だが、グロック26はねえんだ」

「売ってもらえる拳銃は？」

「ノーリンコ54なら、明日にでも品物《ブツ》を渡せるよ。ベレッタ、ヘッケラー&コッホ、コルト・バイソンとかになると、ちょいと時間をもらわねえとな」

「どのくらい待てば？」

「最低五日は待ってもらわねえとな。組の拳銃《ドウグ》は方々に散らして保管してあるんだ。一カ所に隠しとくと、家宅捜索《ガサ》かけられたとき、全部持ってかれちまうからさ」

「それじゃ、コルト・バイソンを分けてください」

「バイソンは数が少ねえから、割高になるな」

近藤が狡猾《こうかつ》そうな笑みを浮かべた。駆け引きする気になったのだろう。

「少しぐらい高くても買いますよ」

「実包を五十発付けて百五十でどうだい？」

「いいですよ。それじゃ、五日後に金を用意して、また来ます」

瀬名は言って、靴を履いた。

「品物《ブツ》が入ったら、こっちから連絡すらあ。鈴木さん、名刺を一枚置いてってくれねえか」

「あいにく持ってないんですよ」

「なら、住所と電話番号を教えてくれや」

「その筋の人にアドレスや電話番号を教えるのは、ちょっとね。また、ここに来てみますよ」

「てめえ、なんか怪しいな。おい、ちょっと待てや」

近藤が腰を浮かせかけた。

瀬名は座卓を引っくり返し、店を飛び出した。坂道を一気に駆け降り、何度も脇の裏通りに走り入る。
四、五分走って、足を止めた。追っ手の姿は目に触れなかった。
瀬名は大きく迂回《うかい》して、外苑東《がいえんひがし》通りまで歩いた。サーブは、六本木ロアビルの斜め前に駐めてあった。

もう瞳は、ぐっすり寝入っているだろう。

瀬名は車を走らせはじめた。六本木交差点を左折し、西麻布方面に向かう。いくらも走らないうちに、瀬名は後続の大型バイクが妙に気になった。

ライダーは黒のフルフェイスのヘルメットを被っていた。堤を射殺して逃走した男だろうか。そうだとしたら、尾行されているのかもしれない。

尾けられている理由は、二つしか考えられない。堤を撃ち殺した犯人は、逃げる際に自分に顔を見られたと思ったのではないか。あるいは、折り曲げたナンバープレートの数字を読まれたと思い込んでいるのだろう。

瀬名は試しにスピードを上げてみた。

後続のバイクもすぐに加速した。尾行されていることは、ほぼ間違いない。

瀬名は西麻布交差点を右に折れ、不審な大型バイクを青山霊園に誘い込んだ。

墓地の外周路を半周ほどしたとき、後続のオートバイが一気に速度を上げた。サーブを追い越し、百メートルほど先でハーフスピンした。

瀬名はヘッドライトをハイビームにした。

単車に打ち跨がったライダーは、黒っぽい拳銃を両手保持で構えていた。急ブレーキをかけて車の外に逃げるのは、かえって危険だ。

瀬名は頭を低くして、アクセルを踏み込んだ。

ライダーが焦って引き金を絞りかけた。しかし、すぐに単車を蹴倒し、霊園の中に逃げ込んだ。

瀬名は倒された大型バイクの少し手前でサーブを停め、逃げた男を追った。

墓地と墓地の間の通路に、ライダーがうずくまっていた。瀬名は爪先に重心をかけ、男の背後に回り込んだ。

男は銃口を闇に向けながら、忙《せわ》しげに視線を泳がせている。瀬名がすぐ後ろに迫っていることには気づいていない。

男が中腰で横に動いた。

瀬名は躍り出て、相手の背を蹴った。ライダーが前につんのめって、墓の囲い石に肩口をぶち当てた。

瀬名は走り寄って、相手の後ろ首に手刀《しゅとう》打ちを見舞った。ライダーが地を舐めるような恰好で這いつくばった。瀬名は素早く拳銃を奪い取った。マウザーM2だった。すでにスライドが引かれている。

瀬名は銃口を相手の背に押し当てた。

「メットを取れ」

「撃たないでくれーっ」

男の声には聞き覚えがあった。瀬名は拳銃で威嚇《いかく》しながら、黒いヘルメットを男の頭から抜き取った。

そのとき、男が這《は》って逃げようとした。瀬名は銃把《グリップ》で相手の後頭部を撲《なぐ》った。男が呻いて、通路の石畳に転がった。

瀬名は空いている手でポケットからライターを摑み出し、すぐさま点火した。あたりが明るんだ。足許に横たわっているのは、マサルだった。

ジョージの遊び仲間の金髪少年だ。十字架のピアスは外されていた。

「どういうことなんだ？　説明してもらおうか」

瀬名は屈《かが》み込み、マサルのこめかみに銃口を当てた。

「あんたには何も恨みはなかったんだ。おれ、覚醒剤《スピード》をたっぷり貰いたかったから」

「麻薬《クスリ》が欲しくて、追い出し屋の堤良太を撃ち殺したってわけか」

「な、なに言ってんだよ⁉　おれは誰も殺《や》っちゃいねえ。ほんとだって。あんたをシュートしてくれって頼まれたけど」

マサルが言った。

「おれを殺《や》れって、誰に頼まれたんだっ」

「それは言えねえよ」

「言わなきゃ、おまえは死ぬことになる」

「マジかよ⁉」

「念仏を唱えろ」

「撃つな、撃たねえでくれ。編集プロダクションを経営してる牟田正彦《むたまさひこ》って奴に頼まれたんだよ」

「どんな奴なんだ？」

「ミリタリー雑誌やファッション雑誌の編集を請け負ってる三十八、九のおじさんで、ジョージに覚醒剤《スピード》や大麻《ガンジャ》を只《ただ》でやってた男だよ。おれ、ジョージが牟田っておっさんとよく会ってるのを知ってたんだ。そんだからさ、牟田におれにも麻薬《クスリ》をくれって言ってみたんだよ。そしたら、ある男をシュートしてくれたら、覚醒剤も大麻も好きなだけやるって……」

「この拳銃は、その牟田って男から渡されたんだな？」

瀬名は確かめた。

「そうだよ」

「牟田の自宅は、どこにある？」

「それは知らねえけど、オフィスは道玄坂の白土《しらと》ビルにあるよ。六階だったかな。編集プロの社名は『スタッフプール』だよ」

「おまえは、しばらく姿をくらませ。牟田におれのことを喋ったら、ただじゃおかないぞ。この拳銃は貰っとく」

「それは返してくれよ」

マサルが上体を起こして、右手を差し出した。
瀬名はマサルの手を乱暴に払って、大股《おおまた》で歩き出した。

第四章　密造銃

1

見通しは悪くない。

おまけに、白土ビルは一階部分を除いて嵌《は》め殺しの窓だった。編集プロダクション『スタッフプール』の事務所は丸見えだ。

瀬名は、道玄坂の反対側に建つ雑居ビルの男性用トイレの中にいた。

マサルを痛めつけた次の日の夕方だ。

五時を過ぎている。すでに瀬名は、牟田正彦の顔を確かめていた。数十分前に大手出版社の雑誌編集長を装って、牟田の会社に電話をかけたのである。

新規の発注先を得たと思い込んだ牟田は受話器を握《にぎ》りながら、終始、にこやかな表情を崩さなかった。瀬名はスマートフォンを耳に当てながら、その姿を小型双眼鏡で覗《のぞ》いていた。

牟田は若造りで、三十代の前半にしか見えなかった。

かつては文学青年だったと想《おも》わせるような雰囲気を漂《ただよ》わせている。割に背が高く、細身だ。事務所のスタッフは、経営者の牟田を除いて七人だった。男が四人、女が三人だ。いずれも二十代だろう。

上着の内ポケットの中で、スマートフォンが打ち震えた。瀬名はすぐにスマートフォンを摑《つか》み出した。

「白土ビルを偵察してきたわ」

発信者は真寿美だった。

「ご苦労さん」

「悪いけど、こっちに来てくれる？」

「わかった。すぐに行く」

瀬名は電話を切ると、洗面台の鏡の前に立った。

変装用の黒縁眼鏡《めがね》をかけ、手櫛《てぐし》で髪型を変える。前髪を額いっぱいに垂らすと、だいぶ印象が違って見えた。これなら、敵の目をごまかせそうだ。

瀬名はほくそ笑《え》み、手洗いを出た。

きょうは車もレンタカーを使っている。灰色のプリウスだった。

瀬名はエレベーターで六階から一階に下《くだ》り、道玄坂の舗道に出た。

数十メートル離れた場所に、真紅のポルシェが見える。女強請《ゆすり》屋の愛車だ。

瀬名は自然な足取りでポルシェに近づき、素早く助手席に滑り込んだ。

狭い車内には、香水の匂いがうっすらと漂っていた。パンツスーツ姿の真寿美は座席を後ろに大きく引き、すんなりとした脚を組んでいた。

「なんでミニスカートを穿《は》いてこなかったんだ?」

「なに言ってるの。女の脚は、男たちの目を娯《たの》しませるためにあるんじゃないわ。大地をしっかり踏みしめて歩くためにあるの!」

「堅いな。もう少し色気のある会話をしたいね」

「あなたとわたしは、単なる共犯者同士なのよ。なぜ、こんな遣《や》り取《と》りをしなくちゃならないわけ?」

真寿美が不機嫌そうに言った。

「男嫌いもいいが、たまには性的な興奮で細胞を活性化させないと、早く老《ふ》けるぜ」

「余計なお世話よ」

「なんだって、むくれてるんだ?」

「別に、むくれてなんかないわ」

「いや、何か気分を害してる」

「あなたの無神経さに腹を立ててるのよ。わたしに電話してきたとき、あなた、ベッドに横たわってたでしょ?」

「そんなこと、誰にでもわかるわ。昨夜《ゆうべ》、どこかでお疲れになったのかもしれないけど、仕事に対するシビアさが足りないわね」

「鋭いな」

「何が？」

「嬉しいな」

「つんけんしてるのは、ジェラシーを感じてるからだよな？　確かにきのうは、知り合いの女性のマンションに泊まった。きみが想像したようなことも、いたしました」

瀬名は、おどけて言った。

「ちょっと待ってよ。うぬぼれるのもいい加減にしてくれない？　あなたがどんな女性と何をしようが、このわたしには関係ないわ。ジェラシーですって⁉　ばかばかしくて、まともに怒る気にもなれないわ」

「もっと素直になれよ。キスして、仲直りしよう」

「はい、どうぞ！」

真寿美がパンプスを脱ぎ、靴底を瀬名の顔の前に突き出した。

これ以上、彼女の神経を逆撫《さかな》ですると、コンビを解消しなければならなくなりそうだ。それだけは避けたい。

「おれが悪かったよ。今後は、もっとシビアに仕事に取り組む」

「ほんとね？」

「ああ、約束する」

「なら、もう何も言わないわ」

「よし、コンビ復活だ」

「ばかねえ。わたし、仕事を降りるなんて一言も言ってないのに」

「で、どうだった？」

瀬名は顔を引き締めた。

「白土ビルの約半分は、空室だったわ。それで、七階の一室に柄の悪い連中がいたの。彼らは事務所に泊まり込んでるようだったわ」

「人数は？」

「三人よ。三人とも二十代の後半って感じだったわね。それから、ドアを開け閉めしたときに事務所の中が見えたんだけど、スチールの事務机が一つあるきりだったわ」

「ひょっとしたら、そいつらは占有屋かもしれないな」

「ええ、そうかもね」

「ビルのオーナーもわかった？」

「ええ。白土満男《みつお》という人物よ。五十一、二歳だそうだけど、最近は面《おも》やつれがひどくって、もっと老けて見えるらしいわ」

「なぜ、急に面やつれしたんだろう?」

「ビルのオーナーは銅取引に失敗して、巨額の借金をしょい込んでしまったんだって」

「その話は誰から聞いたんだ?」

「テナントのひとりよ」

真寿美はパンプスを履《は》きながら、そう答えた。

「借金の額について、そのテナントはどう言ってた?」

「具体的な額は言わなかったわ。でも、大変な借金みたいよ。白土満男は都内に十三棟の貸ビルを持ってたらしいんだけど、そのうちの十一棟は金融機関がすでに競売にかけちゃったんだって。二年も利払いすら滞《とどこお》らせてたんで、それぞれの銀行が担保物件を処理することにしたんでしょうね」

「残りの二棟も当然、銀行の抵当に入ってるんだろう」

「それも第二抵当権どころか、第三抵当権まで設定されてるんだと思うわ。わたしにいろいろ話してくれたテナントは千二百万の保証料を白土が返してくれたら、別の貸ビルに移りたいと思ってるらしいんだけど、いまは返せる当てがないと言われちゃったそうよ」

「オーナーの自宅は、どうなってるんだ?」

瀬名は訊《き》いた。

「松濤《しょうとう》二丁目に宏大《こうだい》な邸《やしき》があったらしいんだけど、もう一年近く前に自宅はメガバンクに取られて、いまは家族が散り散りになってマンスリーマンションを転々としてるって話だったわ」

「金持ちだったビルオーナーも、いまや宿なしか。そんな話を聞かされると、まさに人間一寸先は闇だな」

「ほんとね。わたし、ますますお金が欲しくなってきたわ」

「独身《シングル》なんだから、そうがつがつすることはないじゃないか」

「頼りになるのは、お金だけだもの」

「淋《さび》しいことを言うなって。銭や宝石だけを求める人生なんて味気ないじゃないか」

「話を脱線させないでちょうだい。わたしに絡む気なら、今度はパンプスで横っ面《つら》をぶっ叩《たた》くわよ」

「わかった。話を元に戻そう。で、肝心の牟田のことだが……」

「何人かのテナントに話を聞いたんだけど、牟田は同じビルを借りてる人たちにはとっても無愛想なんだって。エレベーターの中で顔を合わせても、ろくに挨拶《あいさつ》もしないそうよ。テナントの中には、牟田を変人扱いしてる人もいたわ」

「もう妻子持ちなんだろう？」

「そこまでは調べられなかったの。ただ、編集プロダクションの経営は思わしくないんじゃないかと言ってたテナントがいたわ。その男性はエレベーターホールで、牟田と女子社員が給料の支払いのことで言い争ってるとこを見たことがあるんだって。給料が四カ月も遅配されてるんで、女子社員は編集プロをやめたいと言ってたらしいのよ」

「そんな調子じゃ、家賃もだいぶ溜《た》めてる感じだな」

「ええ、そうみたいよ。もうかなり前から白土ビルの家賃はオーナーを素通りして、第一抵当権を設定しているメガバンクが押さえてるという話なんだけど、銀行の行員がよく牟田のオフィスに家賃の催促に顔を出してたらしいから」

「それじゃ、台所は相当、苦しいんだろう。出版不況も深刻だから、下請けプロに出す仕事を抑えてるのかもしれない」

「そうなのかしらね。それから、ちょっと面白い話を聞いたわ。牟田はひと回りぐらい違うオーナーの白土満男ととても仲がいいんだって」

「共通の趣味でもあるんだろうか」

「そのあたりのことは聞き出せなかったんだけど、二人はよく飲み歩いてたらしいの」

「ふうん」

「それから、いま牟田が乗り回してる黒いジャガーXJエグゼクティブは白土のお下がりなんだって。安く譲ってもらったのか、只で貰《もら》ったんでしょうね」

「どっちにしても、だいぶ親しくしてることは間違いないな」

「ええ、それはね」

真寿美が相槌《あいづち》を打った。

「ビルの玄関と地下駐車場の出入口は一カ所ずつしかないんだろう？」

「ええ。牟田を尾行する気ね？」

「ああ。きみは『スタッフプール』の社員たちに接近して、牟田の交友関係を洗ってみてくれないか」

「オーケー！　なんか水を差すみたいだけど、マサルが言ってた話を鵜呑《うの》みにしちゃってもいいのかな」

「何に引っかかってるんだ？」

「牟田がジョージに覚醒剤《スピード》や大麻《ガンジャ》を無償で与えてたって話だけど、なんか説得力がないと思わない？　牟田がいくら若造りしてるといっても、分別のある大人よ。それに、編集プロダクションの経営者よね。とても裏社会と繋がりがあるとは思えないんだけど」

「おれも、堅気の牟田が簡単に麻薬《ドラッグ》や拳銃を入手できるのかと疑問に感じてはいたんだ。しかし、牟田に入手ルートはなくても、彼の身内の誰かが暴力団関係者ということも考えられる。あるいは、昔からの知り合いがヤー公なのかもしれないぞ」

瀬名は言った。

「確かに、そういうことは考えられるわね。ただ、これまでの情報や事実を繋《つな》ぎ合わせても、牟田正彦と宮原修平との間には何も利害関係はないわ」

「そうだな。少なくとも、牟田がジョージにマウザーM2を渡して宮原を射殺してくれと依頼しなければならない理由はないわけだ」

「ええ、そうね」

「マサルが苦し紛《まぎ》れに嘘《うそ》をついたんじゃなければ、何かからくりがあるな。宮原の抹殺を企《くわだ》ててた奴は牟田をダミーの殺人依頼者に仕立てたんじゃないだろうか」

「それ、考えられそうね。牟田をダミーにしたのは、白土満男あたり？」

「その可能性はありそうだな。きみ、白土ビルに居坐っている三人の占有屋らしい奴らの正体も調べてくれるかい？」

「いいわよ。あの連中が仮に『宮原エンタープライズ』の者《の》だったとしたら、ビルのオーナーの白土は法外な立ち退き料を要求されてたのかもしれないわね」

「借金だらけの白土は、占有屋たちの要求を受け入れる余裕なんかなかった。だから、牟田を介して今村譲司に占有屋のボスの宮原修平を射殺させた？」

「そういう推測はできるんじゃない？　それから、ビルを乗っ取られるかもしれないって強迫観念もあったんじゃないかしら？」

「ちょっと待ってくれ。占有屋がビルに居坐って法外の立ち退き料を要求してきても、白土は別に自分のビルを乗っ取られるわけじゃないぜ。すでに白土ビルは銀行の担保に入ってるんだ。占有屋たちがどんなに白土を脅《おど》したところで、ビルの所有権を自分たちに移すことは不可能だろう」

「そうね。白土が抵当権を抹消しない限り、所有権は移転できないはずだわ。むしろ白土はビルの競売を防ぐためには、占有屋に居坐りつづけてもらったほうがいいわけよね」

真寿美が言った。

「そういう意味では、確かにそうだな。占有屋たちを苦々しく思ってるのは、第一抵当権者の銀行だろう。おっかないテナントが居坐ってるビルを競売にかけても、まず買い手はつかないからな」

「そうでしょうね。白土ビルの最大債権者がどこの銀行か調べてみるわ」

「頼んだぜ。おれ自身も、ちょっと調べてみるよ。それじゃ！」

瀬名はポルシェを降り、道玄坂を少し登った。レンタカーのプリウスに乗り込み、坂の上まで直進した。

脇道に入って車の向きを変え、ゆっくりと道玄坂を下《くだ》る。瀬名は白土ビルの少し手前でレンタカーを路肩《ろかた》に寄せ、館隆一郎に電話をかけた。スリーコールで、電話は繋がった。

「かみさんの汚れたパンティーをせっせと洗ってるか？」

瀬名は冷やかした。

「そういうこと、言わないでくださいよ。自分の風俗店通いを悪いと思いつつも、なんか妻にまた腹が立ってくるじゃないですか」

「腹が立っても、マスオのおまえには尻《けつ》は捲《まく》れないよな？」

「瀬名さん、ほんとに性格が悪くなりましたね」

「それでも、おまえより性格はいいはずだよ」

「まいったな。その後、どうなったんです？」

館が問いかけてきた。

瀬名は経過を手短に話し、声のトーンを落とした。

「おまえ、どの銀行のシステムにも潜《もぐ》れるよな？」

「あんまりなめないでほしいな。これでもコンピューター・フリークの間じゃ、天才ハッカーと呼ばれてる男です。メガバンクや地方銀行はもちろん、日銀のシステムにも侵入できますよ」

「ずいぶん大きく出たな。それじゃ、各銀行の不良債権者リストの中から、白土満男という人物をピックアップして、それぞれの金融機関の債務額を探《さぐ》り出してくれ」

「了解！　で、バイト代はいくら貰えるんです？」

「五万やるよ」

「ありがたいけど、いま現金を払ってくれなくてもいいっすよ」

「余計な金を持ったら、また風俗の店に行きたくなるからだな？」

「ビンゴ！　いくら何でも、もうしばらく遊びは控えないとね。頼まれたこと、残業を片づけたら、すぐに取りかかります」

館が先に電話を切った。

瀬名はスマートフォンを助手席の上に置き、セブンスターに火を点《つ》けた。煙草《たばこ》を喫《す》い終えたとき、氏家から電話がかかってきた。

「おい、今村譲司が死んだぞ」

「なんだって⁉」

「渋谷署に面会にやってきた実の父親に外科医用のメスで頸《けい》動脈を掻《か》っ切られて、失血死したんだ。父親もその場で自分の喉《のど》を真一文字《まいちもんじ》に捌《さば》いたって話だが、命はなんとか取り留められそうだってさ。たったいま、幸輝から入手した情報だよ」

「よく息子に接近できたな」

「立ち会いの看守を騙して、衝立《ついたて》の向こう側に移って犯行に及んだという話だったよ」

「ジョージの親父《おやじ》さんは、殺人者になってしまった息子を道連れに無理心中しようとしたんだな」

「犯行動機については従弟《いとこ》は何も言ってなかったが、状況から判断して、そういうことなんだろう」

「親としての責任を取りたかったんだろうが、余計なことをしてくれたもんだ。これで、ジョージは永久に犯行動機を明かすことができなくなっちまった」

「そうだな。それから、ジョージを唆《そその》かして宮原修平を殺させた奴は胸を撫《な》で下ろしてるだろう」

「ああ、きっとな。しかし、そいつを必ず闇の奥から引きずり出してやる」

　瀬名は吼《ほ》えるように言った。

「おれも、そいつを赦《ゆる》せない気持ちだよ」

「氏家《ウジ》、堤の事件に関する情報は？」

「意外なことがわかったよ。犯人が使った拳銃は当初、真正銃と思われてたらしいんだが、鑑定で本物そっくりの密造銃と判明したんだ。ライフルマークの位置が真正銃とわずかに違ってたというんだよ。それからな、発砲された弾丸も手製だったらしい。しかも、殺傷能力を高めるために、わざわざ弾頭部分に切れ込みを幾つも刻んであったそうだ」

「ヤマハのバイクに乗ってた犯人は相当なガンマニアか、殺し屋《プロ》だな」

「そう考えてもいいだろう。瀬名、もしかしたら、今村譲司が犯行に使ったマゥザーM2も本物じゃなく、精巧にできた密造銃なんじゃないか？」

氏家が急に早口で言った。

「そのあたりのことを叔父貴か従弟のテレビ記者から、それとなく聞き出してくれないか」

「おう、いいとも」

「ジョージの凶器が密造銃なら、宮原殺しと堤の事件は密接な繋がりがあるにちがいない」

「そうだな。しかし、占有屋と追い出し屋の両方を同じ人物が葬《ほうむ》ったとは考えにくいぜ」

「そのへんが謎《なぞ》だが、何か裏がありそうだ。おれは、これから牟田正彦を尾行してみるつもりだよ。運がよけりゃ、何か手がかりを摑めるかもしれない」

瀬名は通話を切り上げ、またセブンスターをくわえた。

本格的な張り込みの開始だった。

2

地下駐車場からジャガーＸＪエグゼクティブが出てきた。

ちょうど午後七時だった。ステアリングを握っているのは牟田自身だ。

瀬名はジャガーを尾行しはじめた。

牟田の車は数分走り、『マグナム』のある雑居ビルの前に停まった。だが、牟田は車を降りなかった。瀬名もレンタカーをジャガーの三十メートルほど後ろに停止させた。エンジンは切らなかった。

待つほどもなく、雑居ビルの中から笠木利行が現われた。

『マグナム』の経営者だ。笠木はビニールの手提《さ》げ袋を持っている。

ジャガーの運転席側のパワーウインドーが下げられた。

笠木が手提げ袋を窓越しに牟田に渡した。二人は短く言葉を交わしただけだった。

ほどなく笠木はビルの中に戻っていった。

手提げ袋の中身は何なのか。

瀬名は、それを早く確かめたかった。しかし、逸《はや》る気持ちを鎮《しず》めた。

ふたたびジャガーが動きはじめた。

瀬名は尾行を再開した。牟田の車は国立代々木競技場沿《ぞ》いに走り、五輪橋《ごりんばし》を渡って表参道《おもてさんどう》に入った。

青山通りを七、八百メートル進んだとき、氏家から電話がかかってきた。

「少し前に桜田門にいる叔父貴に例のことを遠回しに訊いてみたんだが、今村譲司が犯行に使ったマゥザーM2は真正銃に間違いなさそうだよ」

「ジョージの凶器は密造銃じゃなかったのか」

「ああ。ちょっと残念だな。しかし、それだからといって、宮原殺しと堤の事件にまるで関連性がなくなったわけじゃない。あくまで勘にすぎないが、どこかで繋がってると思うね」

「おれも、そんな気がするな」

「ところで、その後の動きは？」

「現在、牟田を尾行中なんだ」

瀬名は経過を話し、スマートフォンを耳から離した。

いつの間にか、ジャガーは青山一丁目交差点に差しかかっていた。追尾されていることを覚《さと》った気配はうかがえない。

牟田の車は交差点を左折し、信濃町《しなのまち》方向に走っている。瀬名には、牟田の行先はまるで見当がつかなかった。

ジャガーは四谷三丁目の交差点を通過して間もなく、愛住町《あいずみちょう》の裏通りに入った。百メートルほど先で牟田は車を停止させ、かなり老朽化した和風住宅に入っていった。

瀬名はレンタカーを路上に駐《と》め、その家に駆け寄った。

低い石の門柱はあったが、扉は見当たらない。柱の留金具は錆《さ》びている。壊れた門扉《おんぴ》はどこかに片づけられたのだろう。

平屋の建物は小さかった。居室は二間しかなさそうだ。

外壁もモルタル塗りではない。防腐液の染み込んだ板だった。窓もアルミ製ではなかった。瀬名は抜き足で、家屋の裏側に回った。

庭は思いのほか広い。夾竹桃《きょうちくとう》や沈丁花《じんちょうげ》が形よく植え込まれている。

その後ろは、コンクリートの万年塀だった。塀の向こうは月極《つきぎめ》駐車場になっていた。左右はアパートだ。

瀬名はあたりに人影がないことを確かめてから、面格子《めんごうし》の付いた窓に忍び寄った。カーテンの隙間《すきま》から、電灯の光が細く洩《も》れている。

瀬名は家の中を覗き込んだ。

牟田が座卓を挟んで、五十年配の男と向かい合っていた。卓上には、モデルガンやエアガンのキットが何箱も重ねてある。どれも真新しい。その横には、ビニールの手提げ袋が載《の》っていた。

「白土さん、これでしばらくは退屈しないでしょう?」

「そうだね。きみには何から何まで世話になってしまって、すまないと思ってる」

牟田が言った。

「水臭いことを言わないでください。あなたとぼくは大家と店子《たなこ》だし、飲み友達でもあるんです。困ったときは助け合わなきゃ」

「きみの友情には感謝してるよ。銅取引で大火傷《おおやけど》をしなければ、こんな惨《みじ》めな暮らしをしなくても済んだのに」

「まだ盛り返すチャンスはありますよ。もともと白土さんには商才があるんだから」

「しかし、こうも借金だらけじゃ、再起は難しいだろう」

「諦《あきら》めるのは、まだ早いですよ。あなたには二棟のビルがあるんです」

「だが、わたしの自由になる不動産じゃないからね」

白土が寂しげに笑った。

「とにかく、最後まで粘ってください。ほら、よく言うじゃありませんか。ピンチとチャンスは背中合わせだって」

「そうだね」

「少し飲みましょうよ。ぼくが用意します」

牟田が立ち上がり、台所の方に歩いていった。

白土も腰を浮かせ、モデルガンのキットの入った箱を両腕に抱え込んだ。それを押入れの下段に収めた。

上段には、さまざまな工作機が並んでいた。実弾をこしらえるリローディング・プレス機や火薬まであった。

ここは拳銃の密造工場らしい。追い出し屋の堤は、白土が造った密造拳銃で射殺されたのか。

白土が座卓につくと、牟田が台所から戻ってきた。ウイスキーのボトルと二つのショットグラスを手にしていた。

二人は向かい合って、ウイスキーをストレートで飲みはじめた。

酔いが回ったころ、家の中に押し入るほうが賢明だろう。

瀬名は、いったん車に戻った。

真寿美から電話がかかってきたのは、およそ十五分後だった。

「まず七階の一室にいる柄の悪い三人組のことだけど、連中は殺された宮原修平に頼まれて部屋に居坐ってる光岡組《みつおかぐみ》の構成員だったわ」

「光岡組？」

「渋谷の宇田川町を縄張りにしてるテキ屋よ」

「占有屋のボスが殺されたのに、まだ律儀に部屋に居坐ってるのか」

「連中は宮原に代わって、自分たちが法外な立ち退き料をせしめる気になったんじゃない？」

「なるほど、そういうことか」

瀬名は合点がいった。

「白土ビルの第一抵当権者は、旭陽《きょくよう》銀行だったわ。不良債権額は約十億円よ」

「第二抵当権を設定してるのは？」

「東都銀行で、焦げつき総額は三億数千万円ね。抵当権を設定してるのは、その二行《こう》だけだったわ」

「そうか。牟田の交友関係は？」

「プライベートで親しくしてるのは、ビルオーナーの白土満男のほかには、『マグナム』の店主の笠木利行だけみたいね。牟田は一年ほど前にミリタリー雑誌の特集記事を請け負うようになってから、ちょくちょく『マグナム』に取材に行ってたらしいの。同じ三十代ってことで、何かと話が合ったんだと思うわ」

真寿美が言った。

「多分、そうなんだろう。牟田も、ガンマニアなのかな」

「牟田自身は銃器にはそれほど興味は持ってないようだという話だったわ、『スタッフプール』の女性社員の証言によるとね」

「そう」

「ただ、白土ビルのオーナーは大変なガンマニアなんだって。古式銃や銃身に詰め物をして実射できなくしてある旧ソ連軍のマカロフなんかを買い漁《あさ》って、モデルガン造りにも精を出してたそうよ。そんなことで、牟田は白土のために笠木の店でキットやパーツを買い揃《そろ》えてたらしいわ」

「もしかしたら、白土満男は密造銃も手がけてるかもしれないんだ」

瀬名は白土の隠れ家の押入れに、特殊な工作機があったことを話した。

「なんか怪しいわね。ひょっとしたら、白土が密造した拳銃でジョージは宮原修平を……」

「いや、そいつは考えられない。さっき氏家《ウジ》から情報が入ったんだが、ジョージが使ったマゥザーM2は真正銃だと判明したんだ」

「それじゃ、密造銃が使われたのは堤殺しの事件のほう？　ううん、それも考えられないわよね。だって、元力士は占有屋たちを追っ払う仕事をしてたんだから。言ってみれば、堤は家主たちの味方だわ」

「そういうことになるが、雇い主と報酬の支払いか何かを巡《めぐ》って対立してたのかもしれないぜ」

「ちょっと整理してみるわね。白土満男は宮原の息のかかったテキ屋たちに七階の一室に居坐られて、途方もない立ち退き料を要求されてた。困った白土は、追い出し屋の堤に泣きついた。しかし、成功報酬の件で話がまとまらなかった。それでは商売にならない堤が、白土の何か弱みを握って高額の報酬を出させようとした。占有屋と追い出し屋の両方に大金をせびられそうになった白土は、占有屋のボスの宮原と追い出し屋の大男の両方を葬《ほうむ》る気になった。どっちも密造銃を使うと足がつくと考え、堤を殺すときだけ白土の造った拳銃を使わせた――」

真寿美が一息に喋《しゃべ》り、吐息をついた。

「一応、辻褄《つじつま》は合ってるな。しかし、何かが釈然としないいんだよ」

「ええ、そうね」

「牟田の身内に、裏社会の人間は？」

「それはいなかったわ。実兄は高校の教師で、従弟《いとこ》たちも堅い職業に就いてるみたいよ。ただね、社交家の笠木は組関係の連中や不法滞在の外国人たちともつき合いがあったようだから、牟田がジョージに渡してたという麻薬《ドラッグ》は笠木がどこかで調達したのかもしれないわ」

「それから、本物のマゥザーM2も笠木がどこかで手に入れたんじゃないだろうか」

「そうじゃないとしたら、白土自身が何らかの方法で真正銃を入手したんでしょうね」

「ああ、おそらくな」

「牟田と白土を締め上げるんなら、応援に行くわよ」

「おれひとりで何とかなるだろう。相手が二人といっても、ひとりは五十過ぎのおっさんだからな」

「あまり相手をなめてかからないほうがいいわ。その隠れ家はどこにあるの？」

「愛住町だが、心配するなって」

瀬名は電話を切って、セブンスターに火を点けた。

煙草を喫い終えたとき、スマートフォンが着信した。今度は館隆一郎からの電話だった。

「白土オーナーの債務はメガバンクだけで、総額百三十五億円以上ですよ。中でも、旭陽銀行の焦げつきが最も多いな。五十億近い額です」

「白土の持ちビルのうち十一棟はすでに競売にかけられてるはずだが、まだそんなに債務があるのか」

「競売物件は極端に買い叩かれますからね。道玄坂と赤坂に残ってる二棟の白土ビルも、時間の問題で競売にかけられるでしょう。債権者は焦げつきを少しでも回収したいと必死ですからね」

「しかし、テナントに占有屋がいたら、まず競売物件の買い手はつかない」

「ええ、普通はね。でも、企業舎弟の不動産会社は競売物件を好んで買い漁《あさ》ってますよ。いろんなダミーの買い手を使ってね。安く買い叩いたビルやマンションを外国の不動産投資会社に転売すれば、それなりの儲《もう》けが出るでしょ？」

「そうだな。広域暴力団を後ろ楯《だて》にした不動産会社なら、競売物件に居坐ってる占有屋たちとも裏で話をつけられる」

瀬名は言った。

「その通りです。だから、旭陽銀行は他《た》の債権者と相談して、残りの二棟も絶対に競売にかけるはずですよ」

「だろうな」

「白土満男には結局、巨額の借金だけしか残らないでしょう。欲を出して、銅取引になんか手を出すから、いけないいんですよ。ぼくみたいに、たまに風俗店で息抜きする程度にしておけば、借金地獄でのたうち回らなくても済んだのに」

「この野郎、どさくさに紛《まぎ》れて自己正当化しやがって」

「えへへ。また何か手伝えることがあったら、声をかけてください」

「そうしよう」

「瀬名さん、五万円の貸しがあることを忘れないでくださいね」

館が念を押してから、電話を切った。

瀬名は苦く笑って、車を降りた。白土の隠れ家まで急ぎ足で歩き、門を潜《くぐ》った。

そのとき、玄関のガラス戸に人影が映った。背恰好《せかっこう》から察して、牟田にちがいない。

瀬名は玄関の羽目板にへばりついた。

牟田が大声で奥にいる白土に別れの挨拶をし、ガラス戸を開けた。瀬名は懐《ふところ》から
ストロボマシンを取り出し、息を殺した。

牟田が後ろ手に玄関の戸を閉め、門に向かった。

瀬名は身を躍《おど》らせた。片腕を牟田の喉に回し、ストロボマシンの先端を背中に強く
押しつけた。

「大声を出したら、ぶっ放すぞ」

「け、拳銃を突きつけてるのか⁉」

「ああ、消音器付きのな」

「何者なんだ？」

牟田が掠れ声で訊いた。

「質問するのはこっちだ。占有屋のボスだった宮原修平をジョージに殺《や》らせたのは、
誰なんだい？　そいつを教えろ」

「質問の意味がよくわからないな」

「あんたがジョージに覚醒剤《スピード》や大麻《ガンジャ》を只でやって手懐《てなず》けてたことは、もうわかってる
んだ。悪あがきはやめろ。それとも、九ミリ弾を撃ち込んでやろうか。どうする？」

「おれは白土さんに泣きつかれて、ちょっと協力しただけなんだ。白土さんが知り合いの米軍人から譲り受けたマゥザーM2をジョージに渡して、宮原を殺《や》ってくれって頼んだんだよ。殺しの報酬はマゥザーM2のほかに、イサカのショットガンをつけることになってたんだ。それから、十キロの覚醒剤《スピード》もね」

「堤良太の事件にも、白土は関与してるのか？」

瀬名は畳みかけた。

「白土さんは、道玄坂の白土ビルの七階に居坐ってる宮原の配下の者を堤に追い出してもらおうと考えたんだよ。ところが、堤は謝礼が少なすぎると言って、白土さんの弱みをちらつかせて口止め料を無心してきたらしいんだ」

「ビルオーナーには、どんな弱みがあったんだ？」

「白土さんは美少年が大好きなんだ。それだけ言えば、どんな弱みかわかるよね？」

「ああ。で、白土は堤も誰かに殺《や》らせる気になったのか？」

「その通りだよ。白土さんは自分で密造した拳銃を犯罪のプロに渡して、堤を殺《や》らせたと言ってた。しかし、実行犯については、それだけしか教えてくれなかったんだ」

「あんたの話が事実かどうか、白土の前で確かめてみよう」

「すべて事実だ。嘘なんかじゃない」

牟田が高く叫んだ。

瀬名は無言で牟田の体の向きを変え、古ぼけた平屋の玄関に押し入れた。そのまま、土足で奥に進む。

白土はウイスキーを飲んでいた。

「牟田君、どうしたんだね。後ろの男は何者なんだ？」

「白土満男さんですね？」

瀬名は確かめた。

「そうだが、きみは誰なんだ？」

「名乗るわけにはいかないんですよ。牟田は、あんたがジョージこと今村譲司に宮原修平を殺《や》らせ、さらに犯罪のプロに堤良太を始末させたと証言した」

「どちらも、まったく身に覚えがないな」

「ほんとだなっ」

「当たり前じゃないか」

白土が立ち上がり、牟田に向き直った。

「きみ、どういうつもりなんだっ。なんだって、そんな出まかせを言うんだ！」

「白土さん、もう観念したほうがいいですよ。後ろにいる男は、何もかも知ってるようですから」

「どうして、きみはわたしに濡衣《ぬれぎぬ》を着せようとするんだ⁉」

「白土さんこそ、往生際が悪いな」

牟田が苛立《いらだ》たしそうに声を張った。

次の瞬間、ガラスの砕《くだ》ける音がした。ほとんど同時に、牟田の体が横に吹っ飛んだ。頭を撃ち抜かれている。銃声は聞こえなかった。

「電灯を全部消すんだ」

瀬名は白土に怒鳴って、身を低くした。

庭を走る足音がする。牟田を一発で撃ち殺した犯人は逃げる気らしい。

瀬名は玄関から外に飛び出した。表に走り出ると、黒っぽい服装の男は闇に溶けかけていた。

瀬名は犯人を追おうとした。そのとき、暗がりから真寿美がぬっと現われた。

「逃げた奴を追う必要はないわ」

「なんでだ?」

瀬名は、わけがわからなかった。真寿美が掌《てのひら》の上で特殊カメラを弾ませた。

「逃げた奴を撮《と》ってくれたのか?」

「ええ。ストロボは焚《た》かなかったけど、高感度フィルムが入ってるから、ばっちり写ってるはずよ」

「いい女だ。惚《ほ》れ直した」

瀬名は笑顔で言い、牟田正彦が撃たれるまでのことを語りはじめた。

3

ポルシェが遠ざかっていった。

真寿美はスピード現像をしている写真店を探しに行ったのだ。さきほど撮った写真が焼き上がったら、ここに戻ってくることになっていた。

瀬名は白土の隠れ家に戻った。今度は靴をちゃんと脱ぎ、奥の部屋に歩《ほ》を運んだ。

血臭《けっしゅう》が鼻腔《びこう》を撲《う》った。

息絶えた牟田の体は、血溜まりの中に横たわっていた。白土は窓の下で、わなわなと震えている。

「腰を抜かしたようだな」

瀬名は声をかけた。

「そうなんだ。わたしの目の前で、牟田君が撃ち殺されたんでね」

「まだ一一〇番はしてないな？」

「ああ、してないよ。いったい誰が牟田君を殺したんだ？」

「逃げた犯人の正体は必ず突きとめてやる」

「おたくは何者なんだね？」

「探偵のようなものさ。白土さん、くどいようだが、宮原と堤の事件には関わってないんだね？」

「もちろんだよ。なぜ、牟田君はわたしを陥《おとしい》れようとしたんだろう？」

白土が首を捻《ひね》った。

「調査に協力してくれれば、その謎は解けるはずだ」

「知ってることは、なんでも話すよ」

「道玄坂のビルの七階に居坐ってる光岡組の三人を送り込んだのは、殺された宮原修平だね？」

「そうだよ。宮原は前のテナントから無断で短期賃貸借権を譲り受けて、やくざどもを七階の一室に泊まり込ませてたんだ」

「宮原は法外な立ち退き料を要求してきたのか？」

「そうなんだ。一億円出せば部屋を明け渡してやると言ってきたんだよ。しかし、わたしは取り合わなかった。すると、宮原は卑劣な厭《いや》がらせをしてきたんだよ。首を切断した野良犬の死骸《しがい》をわたしの車の屋根《ルーフ》に置いたり、毎晩のように脅迫電話をかけてきたね」

「それで？」

「わたしはついに耐え切れなくなって、知人に相談したんだよ。その知り合いが元力士の堤さんを紹介してくれたんだ。堤さんは、すぐに光岡組のチンピラどもを追い出してくれた。しかし、何日かすると、またチンピラどもが部屋を占拠してた。それで、また堤さんに追い出してもらったんだよ。だが、その後も光岡組の奴らは……」

「七階の部屋に舞い戻ったんだな？」

瀬名は相手の言葉を引き取った。

「そうなんだ」

「あんたは、宮原修平を恨んでたんじゃないのか？」

「それは恨んでたさ。しかし、宮原を殺そうなんてことは一度も考えたことはない。わたしが何とかって男に拳銃を渡して宮原を始末してくれと頼んだという話は、でたらめもでたらめだよ」

「ジョージには会ったこともない？」

「ああ、ただの一度もね」

白土が言い切った。

「あんたは、相当なガンマニアらしいな。古式銃や旧ソ連軍の不可動銃を買い集めてたそうじゃないか」

「それが何だと言うんだね」

「あんたは、モデルガン造りも熱心にやってるな」

「やってるよ。子供っぽい趣味かもしれないが、好きなんだ」

「モデルガン造りじゃ満足できなくなって、いつしか拳銃の密造もやるようになったんだろう？」

「何を言ってるんだ⁉　密造銃なんか一挺《ちょう》もこしらえたことないぞ」

「これは、どう説明する？」

瀬名は押入れの襖《ふすま》を開けた。

「何だね、断りもなく」

「これだけの工作機があれば、拳銃の密造は可能だ。それに、実弾も造れる。カートリッジ、信管、火薬が揃って、リローディング・プレス機もあるからな」

「押入れに入ってる物は、すべて牟田君に頼まれて預かったんだ」

「もう少し説得力のある言い逃《のが》れをしろ。死人に罪をおっ被《かぶ》せるのは卑怯《ひきょう》だぜ」

「嘘じゃない。信じてくれ！」

白土が瀬名の顔を直視し、縋《すが》るような目を向けてきた。芝居を打っているようには見えなかった。

「牟田君はスタント専門のプロダクションに頼まれて半月ほど預かることになったらしいんだが、自宅に置けるスペースがないと言って、ここに運んできたんだ」

「そのプロダクションの名は？」

「そこまでは聞かなかったよ」

「ガンマニアなら、リローディング・プレス機まで交じってることに不審の念を抱いたはずだがな」

「おかしいなとは思ったよ。しかし、牟田君とは親しくしてたんで、深くは詮索《せんさく》できなかったんだ」

「どうやら牟田は最初っから、あんたを陥れる気だったようだな」

「まさか⁉」

「いや、きっとそうにちがいない。あんたは宮原を疎《うと》ましく思ってた。ガンマニアが妙な工作機やリローディング・プレス機を家の押入れに隠してたとなれば、拳銃の密造を手がけ、闇ルートから真正銃も入手してたと疑われても仕方がない」

「わたしは拳銃の密造なんかしてないぞ。天地神明に誓って、そんなことはしてないっ」

「そう興奮するな」

瀬名は苦笑した。

「しかしね」

「おれに喋らせてくれ。理由ははっきりしないが、牟田はあんたが宮原殺しに深く関与してると見せたかったんだろう。ついでに、堤の事件にも関わってると……」

「それはおかしい。堤さんとわたしの利害は一致してたんだ。わたしには、彼を葬らなければならない理由なんかないじゃないか」

「堤は金で雇われた味方にすぎない。報酬のことであんたと揉《も》めたりしたら、たちまち敵になるわけだ」

「それはそうだが」

「真偽はともかく、牟田は、あんたが堤と報酬のことで揉め、弱みを脅しの材料にされたと言ってた。あんたは、美少年が好きなんだってな」

「冗談じゃない。わたしには、男色の趣味なんかないっ。それに、堤さんとは何もトラブルは起こしてないぞ。牟田君、いや、牟田の奴、根も葉もない作り話ばかりして。恩知らずめ！」

「牟田の面倒をだいぶ見てやったようだな」

「ああ、面倒見たさ。この男が運転資金の手当がつかないと泣きついてきたときは特別に保証金を返してやったし、その上、無理して五百万貸してやったんだ。無利子の出世払いでね。ジャガーだって、只同然で譲ってやったんだ」

　白土が牟田の死体を見ながら、憎々しげに言った。

「牟田は借金だらけのあんたと長くつき合ってもメリットがないと判断して、見限ることにしたんだろう」

「それだけなら、まだ赦《ゆる》せる。しかし、牟田はわたしに殺人教唆《きょうさ》の罪を着せようとしたんだ。絶対に赦せん！」

「牟田は恩人のあんたを裏切って、誰かに擦《す》り寄ったんだと思う？」

「わからない。まるで見当がつかんよ」

「あんたは旭陽銀行に五十億近い債務があるな？」

「どこで、そんなことまで調べ上げたんだ⁉　プライバシーの侵害だぞ」

「吼《ほ》えるな。旭陽銀行はあんたの所有してる道玄坂と赤坂の白土ビルも競売にかける気なんだろう？」

「いや、いまはその気がないはずだ。東京地方裁判所扱いの競売物件の落札件数は増えてるが、売買価格は一九九五年から下がりつづけてるんだよ」

「そのことは知ってる」

瀬名は言った。

政府は長いこと不良債権処理問題で頭を抱えてきたが、不良債権とは表裏一体とも言える担保不動産の流通には力を入れていない。

競売による回収率は約十パーセントと低い。需要に較《くら》べて、供給が大幅に超過している。したがって、買い手市場で価格のアップは望めない。競売物件に短期賃貸借権が付いている場合は、なかなか売れないというのが現状だ。

「旭陽銀行は早いとこ担保物件を処分したいとは思ってるんだろうが、あまり競売価格が低いのは困ると考えてるのさ。もっとも半年や一年先に需要が急に増えるとも思えないがね。それに、厄介《やっかい》な奴らがわたしのビルに居坐ってるから、簡単に買い手がつくはずもない」

「赤坂のビルにも、『宮原エンタープライズ』の人間が入ってるのか？」

「いや、赤坂のビルには別の占有屋が泊まり込んでるんだ」

「どこの組の者なんだ？」

「それがはっきりしないんだよ。わたしが契約したテナントは広告代理店だったんだが、いつの間にか、又貸しされてて、いまでは短歌結社の事務局になってる。しかし、そこにいるのは特攻服を着た妙な男たちなんだよ。おそらく、右翼団体の事務局になってるんだろうな。何度も立ち退きを迫ったんだが、ことごとく無視されてしまって」

「正規のテナントに抗議したんだろう？」

「むろん、したさ。しかし、それも黙殺されてしまった」

白土が肩を竦《すく》めた。

「その短歌結社の名は？」

「えーと、『赤熱《せきねつ》』だったな。主宰者は、まだ二十八、九のきれいな女性だよ。名前は石上絹代《いしがみきぬよ》だったかな。造園業《ガーデニングコーディネーター》をしてると言ってた。一度、わたしんとこに挨拶に来たんだが、家賃は受け取らなかったんだ」

「家賃を貰ったら、又貸しを認めたことになるからだな？」

「そうだよ。でも、敵もやるもんで、月々の家賃はちゃんと供託してる」

「赤坂の白土ビルは、どのあたりにあるんだ？」

「みすじ通りに面してる。おかしな短歌結社は四階に入ってるんだ」

「そうか。話は飛ぶが、牟田は笠木利行とも親しかったそうじゃないか」

瀬名は言った。

「笠木？　ああ、『マグナム』の店主だね。雑誌の取材で知り合ったとかで、牟田は笠木の店によく遊びに行ってたよ」

「笠木は、どんな男なんだ？」

「よく知らんよ。わたしは、ああいう軽薄な感じの男は嫌いなんだ。年齢の開きもあるんで、一緒に飲む気にもなれなかったね。牟田に三人で飲もうって誘われたことがあったんだがな」

「笠木のほかに、牟田と親しかったのは？」

「さあ、そういう人間がいたのかどうかわからないね」

白土が答えた。

瀬名は屈《かが》み込んで、牟田のポケットを次々に探った。しかし、自分の名刺、運転免許証、財布のほかには何も所持していなかった。

瀬名は運転免許証の現住所を手帳に書き写すと、手に触れた物をハンカチで丁寧に拭《ぬぐ》った。

「もういいかね。一一〇番する前に、この家を出たいんだ。事件が報道されたら、債権者たちがここに押しかけてくるだろうからな」

「行く当てはあるのか？」

「昔、世話をしてやったことのある女の家にでも転がり込むよ」

「妻子とは連絡を取り合ってないのか？」

「女房や息子の居所はわかってるんだが、誰もいい顔をしないんだ。家族の絆《きずな》なんて、実に脆《もろ》いもんさ」

白土が虚《うつ》ろに笑い、大儀そうに立ち上がった。

まだ腰の具合がおかしいらしく、病《や》み上がりの老人のようにこわごわ歩き、トラベルバッグに必要な物を詰めはじめた。

瀬名は数分待って、白土とともに古い家屋から出た。

「じゃあ」

白土はそれだけ言い、夜道をとぼとぼと歩きだした。背中に哀愁が漂っていた。

瀬名は路上にたたずみ、セブンスターをくわえた。白土の後ろ姿が見えなくなって間もなく、前方からポルシェが走ってきた。

瀬名は喫いさしの煙草の火を踏み消し、道端に寄った。

真寿美の車がすぐ横に停まった。瀬名は運転席を覗き込んだ。真寿美がスピード写真屋の袋を差し出しつつ、ルームランプを灯した。

瀬名は袋から印画紙を引き抜き、光に翳《かざ》した。プリントには、笠木利行の横顔がくっきりと写っていた。

「知ってる奴？」

「『マグナム』の店主の笠木だよ。笠木は牟田を利用だけして、最初から始末する気だったのかもしれないな」

「笠木が牟田を使って、ジョージをうまく唆《そそのか》したってこと？」

真寿美が問いかけてきた。

「おそらく、そうなんだろう。ジョージが使ったマゥザーM2は、おおかた笠木が裏社会から入手したんだろう」

「麻薬《ドラッグ》と一緒に？」

「ああ、多分ね。それから、堤殺しに使われた本物そっくりの拳銃は笠木が密造したのかもしれない。さらに奴自身が元力士の追い出し屋をシュートした可能性もある」

「モデルガンやミリタリーグッズを売ってる店の経営者が、なぜ占有屋や追い出し屋を消さなきゃならなかったの？　二人の被害者とは何も接点がなさそうだし、動機もあるとは思えないわ」

「おそらく、請け負い仕事だったんだろう。笠木をマークしてれば、必ず黒幕と接触するはずだ」

瀬名は言った。

「あなたは笠木と会ったことがあったわね。それじゃ、わたしが写真の男をマークするわ」

「きみだって、面《メン》が割れてるかもしれない。尾行は、主に氏家《ウジ》にやってもらおう。きみとおれは支援班に回ったほうがいいだろう」

「そうね」

「とりあえず、どこかで先に作戦を練ろうじゃないか」

「二人っきりで？」

「そう、二人っきりで」

「危ない、危ない。夜更かしは美容によくないのよ。明日の昼間、ゆっくり作戦を練らない？　お寝みなさい」

真寿美がパワーウインドーを上げ、いきなりポルシェを発進させた。

逃げられてしまったか。瀬名は靴の踵《かかと》で地面を蹴《け》りつけた。

4

正午のニュースが終わった。

瀬名はテレビの電源を切った。笹塚の自宅マンションだ。

昨夜、白土の隠れ家で笠木に射殺された牟田のことは報じられなかった。どうやら白土は、事件のことを警察に通報しなかったらしい。

あるいは、笠木が犯行現場に舞い戻り、牟田の死体をどこかに運び去ったのだろうか。そうだとしたら、血痕《けっこん》もきれいに拭ったにちがいない。

瀬名はセブンスターに火を点け、深く喫いつけた。

堤殺しに関するニュースは、短く報じられた。犯行に使われた凶器が精巧な密造銃だったという内容だった。宮原の事件については、まったく触れられなかった。捜査が難航しているということだろう。

ただ、気の重くなるようなニュースが流れた。今村譲司の母親と女子大生の姉が昨晩、伊豆の石廊崎《いろうざき》の断崖《だんがい》から海に身を投げ、母子心中を遂げたという。家族に二人も殺人者が出たことに、母子は耐えられなくなったにちがいない。遣《や》りきれない話だ。

瀬名は煙草の火を消した。

そのすぐ後、ナイトテーブルの上でスマートフォンが鳴った。一時間ほど前から『マグナム』の近くで張り込んでいる氏家からの連絡だった。瀬名は今朝早く氏家に電話をして、張り込んでくれるよう頼んであったのだ。

「何か動きがあったのか？」

「いや、特にない。ちょっと確認しておきたいんだが、写真を撮るのは大人の客だけでいいんだな？」

「ああ。店に客は？」

「まだ誰もいないよ」

「氏家《ウジ》、まさか作務衣《さむえ》じゃないだろうな」

「心配するなって。おまえに言われた通り、トレーナーにチノパンさ」

「そうか。作務衣姿で長いこと張り込んでたら、どうしても目立つからな」

「そうだな。さっきからカーラジオを聴いてるんだが、昨夜《ゆうべ》殺された牟田のこと、まだニュースになってないぞ」

「おそらく白土が一一〇番しなかったんだろう」

「そうなのかな。それはそうと、真寿美さんには連絡済みなのか？」

氏家が訊いた。

「ああ。おまえに連絡した後、彼女のマンションに電話しといた。午後一時過ぎには、そっちに着くと思うよ。そうしたら、彼女と交互に張り込みを頼む」

「わかった。瀬名は、どうするんだ?」

「詩織の病室にちょっと顔を出して、赤坂の白土ビルに行ってみるよ」

「又借りしてる怪しげな短歌結社の様子を探りに行くんだな?」

「そうだ」

「瀬名、ひとりで大丈夫か。特攻服を着た柄の悪い奴らがいるんだろう?」

「そいつらを刺激するようなことは避けるつもりだから、危《ヤバ》い目には遭《あ》わないだろう」

「無理するなよ」

「ああ、わかってる。何か動きがあったら、また連絡してくれ」

瀬名は通話を打ち切り、洗面所に足を向けた。

ドイツ製のシェーバーで髭《ひげ》を剃《そ》り、ローションをはたき込む。ブラシで髪型を整えていると、インターフォンが鳴った。

きのうの晩は、リッチな未亡人宅を訪れることになっていた。しかし、未亡人の住む邸宅は井の頭公園の近くにある。未亡人は小池弓子《こいけゆみこ》という名だった。

瀬名はなんとなく弓子の家までレンタカーを走らせるのが億劫《おっくう》になって、断りの電話をかけた。

弓子は、ひどく残念がった。二十九歳の未亡人は暇を持て余しているからか、性に対して貪婪《どんらん》だった。弓子が体の火照《ほて》りを鎮めにきたのだろう。

瀬名はにやつきながら、玄関に急いだ。

ドアスコープを覗く。なんと来訪者は久門万梨だった。事務機器販売会社の二代目社長だ。

「いきなり押しかけて、ごめんなさいね」

「どうしたんです?」

「わたし、どうしても瀬名さんにお会いしたかったの」

「とにかく、入ってくれないか」

瀬名は、くだけた調子で言った。すでに肌を貪《むさぼ》り合った仲だ。他人行儀に振る舞うこともないだろう。

万梨がドアを閉めるなり、瀬名の胸に飛び込んできた。

「もう一度、わたしを抱いて!」

「これから出かけるとこだったんだよ。別の日じゃ、まずいかな?」

「もう待てないの。お願いします」

「弱ったな」

瀬名は微苦笑《びくしょう》した。

万梨が伸び上がって、唇を重ねてきた。彼女は積極的に舌を絡め、量感のある乳房を押しつけてくる。こうまでされて追い返すのは、失礼というものだろう。

瀬名はディープキスを交わすと、黙って万梨をベッドに導いた。

万梨が恥じらいながらも、自分で手早く裸になった。瀬名も着ている物を脱ぎ捨て、万梨を横たわらせた。

「わたし、淫乱《いんらん》なんでしょうか？」

「健康な男女は、誰も好色なものさ」

「そうですよね。いまの言葉を聞いて、なんだか安心しました」

万梨が匂うような微笑をたたえ、静かに瞼《まぶた》を閉じた。同時に、唇を少し開いた。くちづけを待つ顔だった。

少し驚かせてやるか。瀬名は万梨の足許《あしもと》に両膝を落とし、彼女の脚を大きく開いた。

「あっ、そんなこと……」

万梨が羞恥心《しゅうちしん》に白い頰を染め、裸身を竦《すく》めた。

カーテン越しに射《さ》し込む陽光で、寝室は割に明るい。秘めやかな場所もよく見える。

瀬名は上体を折り、はざま全体に息を吹きつけた。万梨がなまめかしく呻《うめ》き、ヒップをもぞもぞとさせた。

瀬名はクレバスに顔を寄せた。

万梨が一瞬、身を固くした。瀬名は舌を閃《ひらめ》かせはじめた。

「そんなことしないで。駄目よ、恥ずかしいわ」

万梨が同じことを二度、口にした。

瀬名は口唇愛撫《あいぶ》を施《ほどこ》しつづけた。秘部は唾液《だえき》と万梨自身の潤《うる》みで、しとどに濡れた。

少し経つと、万梨は軽く達した。

いつしか瀬名の欲望は力を漲《みなぎ》らせていた。まるで角笛《つのぶえ》だ。万梨が急に上半身を起こし、両腕で瀬名の腰を抱いた。

「無理しなくてもいいんだ」

「お返しをさせて」

「もう少し基本レッスンを積んでからでいいんだよ」

瀬名は優しく言った。

万梨は返事の代わりに、おずおずと瀬名の先端にキスした。それから、意を決したように一気に口に含んだ。

勢い余って、喉の奥までくわえ込んでしまったらしい。万梨は少しむせた。

「それで充分だよ」

瀬名は万梨の髪を撫ぜた。

万梨が舌を滑らせはじめる。舌技は拙《つたな》いが、情感は伝わってきた。瀬名は一段と昂《たか》まった。

それから間もなく、二人は重なった。正常位だった。

瀬名は少しずつ万梨に快感を与えていった。その気になれば、いくらでも相手の官能を煽《あお》れるが、あえて技巧的なテクニックは用《もち》いなかった。それでも万梨の喘《あえ》ぎは、高まる一方だった。

瀬名は少しずつ律動を速めた。
四、五分経《た》つと、万梨が不意に高波に呑まれた。裸身はリズミカルに震えた。愉悦の声も高かった。
瀬名は両脚を前に投げ出し、万梨の体を抱き起こした。

対面座位で交わったまま、しばらく二人は動かなかった。

「セックスって魔物ね。わたし、虜《とりこ》になりそうだわ」

「せいぜい愉《たの》しむんだね」

「でも、相手がいないんでは、どうにもならないでしょ？　いつも瀬名さんに、ご迷惑をかけるわけにはいかないし」

「迷惑なんて、とんでもない。こっちは、いつでも大歓迎さ」

瀬名は言って、万梨の耳朶《みみたぶ》を吸いつけた。

「嬉《うれ》しいわ。時々、会っていただける？」

「それはいいが、いつも仕事に追っかけられてるんだ。会えるのは、月にせいぜい、一、二回だね」

「それで充分よ」

万梨が顔に喜色を拡《ひろ》げ、柔肌を押しつけてきた。

瀬名は万梨を組み敷き、ゴールに向かって疾走しはじめた。

万梨が喘ぎ、控え目に呻く。情事の幕が下りると、瀬名は先にシャワーを浴びた。

やがて、二人は部屋を出た。

万梨は自分の外車で会社に戻っていった。瀬名はプリウスに乗り、近くのレンタカー営業所に向かった。いったん料金を清算し、きょうはカローラを借りた。車体の色は、オフブラックだった。

瀬名はカローラを渋谷の救急病院に走らせた。二十数分で着いた。

姪《めい》の病室に近づくと、明るい笑い声が響いてきた。詩織のベッドの周《まわ》りには、姉夫婦と瀬名の両親がいた。

「あっ、渉叔父さんだ！」

ベッドの詩織が、はしゃぎ声をあげた。言葉は滑《なめ》らかだった。

「ちゃんと喋れるようになったな」

「詩織、いつもちゃんと喋ってるよ」

「そうか。ごめん、ごめん！」

瀬名は頭を掻いた。

居合わせた身内たちが、どっと笑った。どの顔も明るかった。

「担当ドクターの話だと、こんなに回復が早いのは稀《まれ》らしいんだ」

井出慎之介が瀬名に声をかけてきた。

「みんなの祈りが奇蹟を招《よ》んだんでしょう」

「そうかもしれないね。渉君や信州のお祖父《じい》ちゃん、お祖母《ばあ》ちゃんには心配をかけてしまって」

「詩織が元気になったら、肩叩き券でも発行してもらおうかな」

瀬名は姪に顔を向けた。

「渉叔父さんには、あたし、お嫁さんを見つけてあげる」

「詩織がお嫁さんになってくれよ」

「あたしは駄目よ。ホワイトデーのときに、鰺坂《あじさか》君からマシュマロを貰っちゃったんだから」

「その子はクラスメイトなのか？」

「ううん、隣のクラスの男の子よ」

「詩織も、その子が好きなんだ？」

「恥ずかしくて、言えなーい」

詩織が白いカバーの掛かった毛布で顔を覆い隠した。

ふたたび、病室に笑い声が起こった。瀬名の両親は目を細めて、たったひとりの孫を見つめていた。

「あと十日ぐらいで退院できるらしいの」

姉の由紀子が言った。

「それはよかった」

「後遺症の心配もないだろうって」

「そう。姉貴にはまた何か言われそうだが、きょうも仕事で忙しいんだ」

「そうなの。でも、もう厭味《いやみ》は言わないわ」

「詩織、また来るよ」

瀬名は姪の頭髪を撫ぜ、ほどなく病室を出た。すぐに姉が追ってきた。

「発砲した高校生、父親に殺されちゃったわね。それから、お母さんとお姉さんは伊豆の海に……」

「そのこと、詩織に話したの？」

「ううん。余計なことを喋って、厭なことを思い出させたくなかったんで」

「この先も黙ってたほうがいいね」

「ええ、そのつもりよ。ところで、あんた、見合いをしてみる気はない？　死んだシンディには申し訳ないけど、そろそろ身を固めてもいいんじゃない？」

「見合いなんかしたら、女たちに毒を盛られるよ」

「女たち？」

「おれには、七人の恋人がいるんだ。いや、ニューフェイスを入れると、八人だな」

「ばかねえ。わたしにまで、そんな見栄を張ることないのに」

「そうだな」

瀬名は笑顔を向け、扉の閉まりかけたエレベーターに乗り込んだ。一階に降り、外来患者用の駐車場に足を向けた。

カローラを赤坂に走らせる。青山通りは、やや渋滞していた。それでも、目的地まで三十分はかからなかった。

白土ビルは、みすじ通りの中ほどにあった。

有名な土佐料理店の近くだった。十二階建ての煉瓦《れんが》タイル張りのビルだ。

瀬名は白土ビルの少し先の路上にレンタカーを駐《と》め、数十メートル逆戻りした。テナントプレートを見ると、短歌結社『赤熱』の事務局は確かに四階にあった。

瀬名はエレベーターで四階に上がった。

怪しげな事務所は、エレベーターホールの近くにあった。

短歌に興味がある振りをするか。

瀬名は四〇一号室のドアをノックした。だが、応答はない。ドアに耳を押し当てる。人のいる気配は伝わってこない。

瀬名は周囲に目を配ってから、綿ジャケットの内ポケットを探った。抓《つま》み出したのは、特殊な万能鍵だった。プロの錠前屋のアドバイスを参考にして、瀬名が自ら造った物である。

素材はニッケル合金だ。一般の鍵《かぎ》よりも薄めで、形状は針金に近い。片側には、幾つか溝がある。

瀬名は素早く万能鍵を鍵穴に差し込んだ。ゆっくりと鍵を奥に滑らせると、二つ目の溝が金属を嚙《か》んだ。

手首を慎重に捻《ひね》る。内錠の外れる音が伝わってきた。笑みが零《こぼ》れた。

瀬名は万能鍵を引き抜き、ノブを回した。

室内に入る。事務机と長椅子があるきりで、なんとも殺風景だ。

長椅子には、丸めた毛布が置かれている。キャビネットやOA機器は何もない。

瀬名は机の引き出しを覗いた。短歌関係の雑誌や同人誌は一冊もなかった。結社の同人名簿も見当たらない。

やはり、占有屋の偽オフィスだ。瀬名は確信を深めた。

そのとき、ドアのキーホールに鍵が差し込まれた。留守番役の者が出先から戻ってきたのだろう。

身を隠す場所はなかった。瀬名は成り行きに任せることにした。

ノブが何度か音をたて、ドアが開けられた。爪楊枝《つまようじ》をくわえた二十六、七歳の角刈りの男が瀬名に気づき、目を剝《む》いた。

「おい、どうやって中に入ったんだ⁉」

「ロックされてませんでしたよ」

瀬名は嘘をついた。

「そんなわけない。おれはちゃんとロックしてから、ラーメンを喰《く》いに出かけたんだ」

「勘違いでしょう。そうじゃなければ、わたしは勝手に入ったりしませんよ」

「何しに来たんだ？」

「わたし、短歌が好きなんです。ぜひ『赤熱』の同人にしてもらいたいんです」

「結社に入りたいのか」

角刈りの男が困惑顔になった。

「高校入学時に作歌をはじめましたんで、それなりに習作は重ねてきたつもりです。結社の方々には、決してご迷惑はかけません」

「いま、短歌結社の関係者がいないんだよ。悪いけど、出直してくれないか」

「わたし、わざわざ札幌から飛行機で上京したんです。主宰者の石上絹代さんに何とか連絡してもらえませんか」

瀬名は喰い下がった。

「あんた、主宰者のことまで知ってるのか⁉」

「面識はありませんけど、彼女のきらめくような才能には感服してるんです。なんとか石上さんに会わせてください」

「連絡はつくけど、こっちに来てくれるかどうかな」

「一応、連絡してもらえませんか。わたし、鈴木一郎といいます。札幌の女子高で現代国語を教えてます」

「電話してみるから、ちょっと廊下に出ててよ」

男が派手な上着のポケットからスマートフォンを掴み出して、顎《あご》をしゃくった。

瀬名は不審な事務所を出て、エレベーターホールにたたずんだ。数分待つと、男が通路に姿を見せた。

「主宰者、この近くにいるそうだ。すぐに来るって言ってたから、中で待ってなよ」

「恐れ入ります」

瀬名は事務所に戻り、長椅子に腰かけた。

角刈りの男は窓寄りの事務机に向かい、所在なげに週刊誌の頁《ページ》を繰りはじめた。

息を呑むような美人が事務所に入ってきたのは、十五、六分後だった。

砂色のテーラードスーツを粋に着こなしている。彫りの深い顔立ちで、身長も高い。

瀬名は立ち上がって、すぐに会釈した。

「石上絹代です」

女が一礼し、しっとりとした声で名乗った。

「初めまして。鈴木、鈴木一郎です」

「わたしや『赤熱』のことは、どなたから？」

「短歌好きの友人に教えてもらったんですよ。ぜひ、わたしも同人にしてください」

「せっかく遠方から来ていただいたのに、お役に立てなくて申し訳ありません。いろいろ人間関係のごたごたがありまして、先月、短歌結社は解散してしまったんです」

「そうなんですか。それは残念だな」

「ごめんなさいね」

「あなたの個人的な弟子にしてもらうわけにはいきませんか？」

「わたし、弟子はとらない主義なんです。それに短歌というものは、誰かに師事したからといって、秀作を産み出せるものではないと思うんです。結局は、ひとりひとりのセンスを問われる世界でしょ？」

「ええ、まあ」

瀬名は曖昧《あいまい》に笑った。

「あなたは、あなたの世界をご自分の言葉で短歌になされればいいんです。なまじ師がいると、個性を殺されることになります」

「そうなのかもしれませんね」

「お互いに、頑張りましょう」

石上絹代が握手を求めてきた。

瀬名は柔らかな手を握り返し、事務所を出た。エレベーターを待ちながら、さりげなく事務所の方を振り返る。

角刈りの男がドアの隙間から、こちらの様子をじっとうかがっている。

撒き餌《まえ》に喰いついてきたようだ。

石上絹代は角刈りの男に、当方の正体を突きとめろと命じたにちがいない。どこかで尾行者を撒いて、逆に絹代を尾けることにした。

瀬名はポーカーフェイスで、エレベーターに乗り込んだ。

第五章　仕掛人

1

予感は正しかった。

角刈りの男が白土ビルから飛び出してきた。

瀬名は、斜め前の商業ビルの陰に身を潜《ひそ》めていた。男は車道の近くまで走り出て、気忙《きぜわ》しく左右を見た。短く迷ってから、左の方向に走りだした。

「ご苦労なこった」

瀬名は冷笑し、煙草《たばこ》に火を点《つ》けた。

セブンスターを半分ほど喫《す》ったとき、角刈りの男が駆け戻ってきた。白土ビルの前で何秒か立ち止まり、今度は逆方向に駆けていった。

やはり、数分で引き返してきた。男は忌々《いまいま》しそうな表情でビルの中に入っていった。

瀬名は煙草の火を消し、その場に留《とど》まった。

石上絹代が現われたのは、十数分後だった。

瀬名は変装用の黒縁眼鏡《めがね》をかけた。絹代が急ぎ足で歩きはじめた。瀬名は反対側の舗道を進んだ。

被尾行者の真後ろを歩くのは、賢明ではない。マークした相手が不意に振り向いたりすることがあるからだ。絹代はみすじ通りから一ツ木通りをたどり、千代田線赤坂駅の並びにある近代的なビルに吸い込まれた。

馴《な》れた足取りだった。絹代のオフィスがビルの中にあるのだろう。

瀬名は、そのビルの手前で足を止めた。

不用意にビル内に足を踏み入れるわけにはいかない。瀬名は通行人を装い、五分ほど時間を稼いだ。

それから、さりげなくモダンな造りのビルに入った。エレベーターホールに、人の姿はない。

瀬名は、エントランスロビーの隅に掲げてあるテナントプレートを見上げた。十階の『石上ガーデニングカンパニー』というプレートが目に留まった。

絹代か、彼女の身内が経営している造園デザイン会社だろう。

瀬名は十階まで上がってみたい気がしたが、事を慎重に運ぶことにした。ビルを出て、みすじ通りに戻る。

瀬名はレンタカーを洒落《しゃれ》たビルのある通りに移動させ、真寿美のスマートフォンのナンバーを押した。二度目のコールサインの途中で、女強請屋《ゆすりや》が電話に出た。

「はい、依光です」

「おれだよ。いまは渋谷だな？」

「ええ。少し前に氏家さんのパジェロの後方に、わたしの車をパークさせたところよ」

「笠木は、ずっと自分の店にいるんだな？」

「ええ。もう少ししたら、氏家さんとポジションを替えて、わたしが前に出るつもりなの」

「そこは氏家《ウジ》に任せて、赤坂に来てくれないか」

瀬名は経緯《いきさつ》を話し、モダンなビルのある場所も正確に教えた。

「石上絹代は、占有屋の女ボスなのかもしれないわね」

「そう考えてもよさそうだ」

「女ボスの絹代が同業のライバルの宮原をジョージに始末させ、対立関係にある追い出し屋の堤を殺し屋《プロ》に仕留めさせたってとこなんじゃない？」

「その疑いはありそうだな」

「わたしに『石上ガーデニングカンパニー』の様子を探《さぐ》ってくれってことね？」

真寿美が言った。

「そういうことだ。派遣会社のパソコン・オペレーターにでもなりすまして、うっかり部屋を間違えた振りをするって手はどうだい？」

「それじゃ、事務所をちらりと見る程度のことしかできないわ。どうせなら、客に化けて、いろいろ探ってくるわよ」

「しかし、それじゃ、きみは後で尾行もできなくなるぞ」

「ご心配なく。女はね、ちょっと髪型を変えてメイクを工夫すれば、簡単に印象を変えられるの。肩パッドを使ったり、ブラジャーに詰め物を入れれば、体形も変えられるわ」

「なるほどな。化け方は、きみに任せよう。おれは黒いカローラに乗ってる」

「レンタカーね？」

「そう。うまくやってくれ」

瀬名は通話を切り上げ、館隆一郎に電話をかけた。

「また、小遣《こづか》い稼がせてやるよ」

「これはどうも！　いつもお世話になっています」

館が、よそよそしい喋《しゃべ》り方をした。すぐそばに、同僚がいるのだろう。

「用件を手短に話すぞ。赤坂六丁目にオフィスを構えてる『石上ガーデニングカンパニー』の事業内容や役員を大急ぎで調べてくれ」

「はい、承知いたしました」

「謝礼は指三本だ」

「三十万もご予算をみていただければ、充分なメンテナンスができると思います」

「ゼロを勝手に増やすな」

「ご冗談でしょ？　そのご予算では、こちらの経費も出ません」

「おい、館！　おまえのアフターファイブの一部始終をかみさんに教えてもいいんだなっ」

「そのような乱暴なおっしゃり方は、よくないですよ。長いおつき合いじゃありませんか。こちらの事情も少しはお考えいただかないと、困ります」

「かみさん、家にいるよな？」

「ちょっ、ちょっとお待ちになってください。わかりました。今回だけは泣きましょう」

「この野郎、ふざけやがって」

瀬名は明るく悪態をつき、電話を乱暴に切った。

カーラジオを点け、選局ボタンを押す。ニュースを流している局はなかった。チューナーをＦＥＮに合わせると、レイ・チャールズの懐かしいヒットナンバーが流れてきた。

瀬名はラジオに耳を傾けた。

レイ・チャールズの後は、ダイアナ・ロス、オーティス・レディングとR&Bがつづき、ペギー・リーに引き継がれた。

レンタカーの横を真紅のポルシェが走りぬけていったのは、三十分ほど経過したときだった。

ポルシェはモダンなビルの数十メートル先に停止した。運転席から降りたのは、栗毛のウイッグを被《かぶ》った真寿美だった。

化粧が濃い。すぐには、真寿美とはわからないほどの変わりようだ。

瀬名は感心した。

真寿美は瀬名には目もくれず、まっしぐらに近代的な建物に突き進んだ。彼女が見えなくなって間もなく、氏家から連絡があった。

「いま、気になる中年男が『マグナム』に入っていったんだ」

「どんな奴だった?」

「四十五、六歳の生真面目《きまじめ》そうな男だよ。どう見ても、モデルガンを買いに来た客には見えないな」

「ひょっとしたら、笠木を操ってる人物かもしれないな。氏家《ウジ》、そいつの正体を突きとめてくれ」

「ここを離れてもいいのか?」

「仕方がないだろう。そいつの正体がわかったら、すぐに張り込み場所に戻ってくれ」

瀬名は電話を切った。

氏家が言ったように、確かに気になる人物だ。おそらく店の客ではないだろう。仮に殺しの依頼人だとしたら、無防備ではないか。真っ昼間に実行犯を訪ねるのは愚かすぎる。

実直そうな中年男がモデルガンやミリタリーグッズを商っている店に出入りしたら、どうしても人目につく。四十代半ばの男は、ただのセールスマンなのか。それとも、黒幕の伝達係なのだろうか。

瀬名は紫煙をくゆらせながら、時間を遣《や》り過ごした。

真寿美が問題のビルから出てきたのは、午後二時半過ぎだった。

瀬名は車を降りなかった。目で真寿美の姿を追った。

真寿美は車に乗り込むと、すぐに走らせはじめた。赤坂図書館のある方向に進み、ほどなく視界から消えた。

瀬名は洒落たビルの出入口を見た。

ポルシェを追尾する車は見当たらない。不審な人物も目につかなかった。瀬名はスマートフォンを手に取り、真寿美に連絡した。

「いま、どこ？」

「乃木《のぎ》会館の少し手前よ」

「偵察の報告を頼む」

「まず石上絹代に怪しまれなかったことを報告しておくわ。あなたが言ってたように、やはり造園デザインの会社だったわよ。主にホテルの庭園のデザインを手がけてるらしいけど、個人住宅の庭づくりもやってるって話だったわ。わたし、親類の家の広い庭を頭に描きながら、中世ドイツ風の庭園にしたいなんて言って、大雑把《おおざっぱ》な見積りを出してもらったの」

「それで、割に時間がかかったのか。見積りは絹代自身が出したのかな？」

「ええ、そう。彼女、ラフスケッチを描きながら、割に親切なアドバイスをしてくれたわ。ちょっぴり気が咎《とが》めちゃった」

「石上絹代が社長なんだな？」

「貰《もら》った名刺には代表取締役となってたから、トップなんだと思うわ。といっても、スタッフは三人しかいなかったけどね」

真寿美が小さく笑った。

「どんなスタッフだった？」

「女性が二人で、男性がひとりだったわ。三人とも、まだ二十代の後半でしょうね」

「荒《すさ》んだ印象は？」

「三人とも真面目そうだったわ」

「そうか。で、きみは絹代とどんな遣《や》り取りをしたんだ？」

「デザイン料だけで、一坪十万円だって話だったんで、わたし、予算を大幅にオーバーしてるって言ったの。そうしたら、いきなり坪五万円でもいいから、ぜひ仕事をさせてくれないかって」

「あまり客がいないようだな」

「そうなんだと思うわ。女社長も三人のスタッフも妙に愛想がよかったから」

「庭はどのくらいあるって言ったんだ？」

「百六十坪よ」

「坪五万円なら、八百万のデザイン料が入る計算になる。それじゃ、上客と踏んだわけだ」

「そうみたい。うふふ」

「きみはなんて言って、事務所を出てきたんだい？」

「一両日中には、正式にオーダーするつもりだと言っといたわ。もちろん、名前も連絡先もでたらめよ」

「彼女、結婚指輪はしてなかったよな？」

　瀬名は確かめた。

「ええ、嵌《は》めてなかったわ。でも、それだけで未婚だと思い込むのは早計よ。事業をやってる女性は結婚してても、オフィスでは結婚指輪を外してるケースがあるから」

「独身と思わせといたほうが、事業にはプラスになるってわけか」

「そういうことなんでしょうね。それはそうと、石上絹代は本業が不振なんで、占有屋めいたことをしてるのかしら？」

「彼女自身が荒っぽい男たちを仕切れるとは思えない。おそらく絹代の旦那か、彼氏が地下げ屋なんだろう」

「彼女をマークしつづけてれば、バックにいる男の顔が透《す》けてくるんじゃない？」

「おれも、そう思ってるんだ。絹代には、おれが張りつく。きみは渋谷に戻ってくれ。さっき氏家《ウジ》から連絡があって、『マグナム』に妙な中年男が入ってったらしいんだ」

「どんな男なの？」

真寿美が問いかけてきた。瀬名は氏家から聞いた話を伝え、先に電話を切った。

それから十数分が経《た》ったころ、館から情報がもたらされた。

瀬名はノートパソコンに送信されてきた文字を目で追った。「石上ガーデニングカンパニー」の事業内容は造園デザイン一般となっていた。

経営形態は有限会社で、代表取締役は石上絹代だった。役員は、すべて石上姓だ。女社長の親族なのだろう。

氏家から電話がかかってきたのは、午後四時半近い時刻だった。

「例の男の正体がわかったぞ」

「何者だったんだ？」

「銀行員だよ。旭陽銀行神田支店の杉江《すぎえ》努《つとむ》支店長だ。四十五歳らしい」

「旭陽銀行の支店長か。どうも引っかかるな」

瀬名は呟《つぶや》いた。

「旭陽銀行といえば、姿をくらました白土満男が五十億近い債務を負ってる金融機関だったな」

「ああ。多くの金融機関はそれぞれの不良債権を客に公開してるが、そういう数字は鵜呑《うの》みにはできない。おそらく、実際の不良債権額ははるかに多いんだろう」

「そうだろうな。真っ正直に不良債権額を明らかにしたら、客たちは不安になって、いまより箪笥《たんす》預金額が増えることになる」

「氏家《ウジ》、旭陽銀行は競売の障害になる占有屋たちを密《ひそ》かに排除してるんじゃないか？」

「それ、考えられるな。担保物件を競売で買い叩かれるといっても、ただ抵当に押さえたビルやマンションを持ってるよりは幾らかましだろうし」

「超安値なら、外国の不動産投資会社もまとめ買いしてくれる。しかし、どっちにしても妙なテナントが居坐ってたら、たとえ捨て値でも買い手は二の足を踏むだろう」

「瀬名、旭陽銀行は元力士の堤良太に占有屋を担保物件から追い出させてたんじゃないのか。しかし、その弱みを恐喝材料にされることを未然に防ぐため、笠木あたりに堤をシュートさせた。モデルガンを売ってる笠木なら、実射経験は豊富だろうし、拳銃や銃弾の密造もお手のもんだろう」

「そうだな」

「おれの推測通りだったとしても、ちょっと首を傾《かし》げたくなる点があるんだ」

氏家が言った。

「話をつづけてくれ」

「だいぶ前から銀行も淘汰《とうた》の時代に入ってるが、名のあるメガバンクはそこまで荒っぽいことは考えないんじゃないか」

「おまえは、杉江という支店長が何か弱点を握《にぎ》られて、悪質な〝不良債権ビジネス〟に協力させられてるんじゃないのかって言いたいわけだな？」

「そうなんだ。たとえば、杉江はオンライン操作の盲点を衝《つ》いて銀行の金を着服してたとか、部下の女性行員と不倫してたとかさ」

「浮気で脅《おど》されたぐらいじゃ、そこまでは協力しないだろう」

「それじゃ、預金横領かね？」

「もしかしたら、杉江は進んで不良債権ビジネスに手を貸してるのかもしれないぜ。

旭陽銀行の担保物件をうまく売却できれば、銀行内での株は上がる。その上、不良債権を買い漁《あさ》ってる業者からも協力金を貰えるだろう。まさに、一挙両得ってやつだ」

「そうか、そういうことも考えられるな。ただ、杉江支店長と笠木との繋がりが読めないな。二人に共通項はなさそうじゃないか。世代も住んでる世界も、まるっきり違う」

「そうだな。杉江は誰かに笠木を紹介されたのかもしれない。そうじゃないとしたら、何か必ず共通項があるはずだよ」

「しかし、ちょっと思いつかないな」

「おまえ、杉江の勤務先のそばにいるのか？」

「ああ。銀行の通用口に面した通りにパジェロを駐《と》めてあるんだ」

「なら、氏家《ウジ》は杉江の動きを探ってくれ。笠木は真寿美にマークしてもらうよ。おれは、石上絹代を尾行してみる」

瀬名は先に電話を切って、上着のポケットからセブンスターを摑《つか》み出した。

2

ようやく美人造園家が現われた。

午後八時過ぎだった。瀬名はシートの背凭《せもた》れを起こした。

石上絹代が車道に寄った。気配で、タクシーの空車を探していることがわかった。

瀬名は少しうつむいた。

上目遣《づか》いに絹代の様子をうかがう。数分が流れたころ、絹代がタクシーに乗り込んだ。

瀬名はタクシーを追いはじめた。

タクシーは外堀通りに出て、やがて日比谷の帝都ホテルに横づけされた。瀬名はレンタカーを車寄せの端に停めた。すると、若いホテルマンがどこからか駆けてきた。

「お客さま、ここは駐車禁止ゾーンです」

「ちょっとの間、目をつぶっててくれよ。小便をずっと我慢してたんだ。用を足したら、すぐ車を出すからさ」

「しかし、例外を認めるわけにはいきません」

「あっ、もう限界だ。頼むよ、これで」

瀬名はホテルマンに小さく折り畳んだ一万円札を握らせ、ロビーに走り入った。

絹代の姿は見当たらない。瀬名はロビーの端まで歩き、喫茶室やレストランを覗《のぞ》いた。だが、絹代はいなかった。

瀬名はロビーの隅のソファに腰かけ、絹代が現われるのを待つことにした。

三十分が虚《むな》しく過ぎ去った。

瀬名は焦《じ》れて立ち上がった。エレベーター乗り場に足を向けると、前方から絹代がやってきた。ひとりではなかった。白人の中年男と一緒だった。二人は英語で喋っている。

瀬名は物陰に隠れた。

二人は瀬名の横を通り抜け、ロビーの方に歩いていった。瀬名はその場に留《とど》まり、二人の様子をうかがった。

赤毛の白人男性が絹代に何か言い、フロントに歩み寄った。男はフロントマンと短い会話を交わすと、絹代と連れだって地下の名店街に降りた。

瀬名は二人を尾《つ》けた。

絹代たちは高級呉服店の出店に入った。瀬名は店頭の近くに立ち、二人の動きを見守った。

絹代が大島紬《おおしまつむぎ》の反物《たんもの》を赤毛の白人男の体に当て、滑らかな英語で言った。

「スミスさんには、これがぴったりだわ」

「高そうな着物だね」

「ええ、まあ。でも、とっても価値があるのよ。一生、着られるんですもの。これをプレゼントします」

「それじゃ、これを貰います。その代わり、あなたが買い集めてくれた不動産はすべて我が社が引き取りましょう」

「ありがたいわ」

「いいんですよ」

「なんだか悪いな」

絹代がスミスという男に言い、年配の女店員に目顔で合図した。

女店員が愛想よくうなずき、赤毛の男の着丈《きたけ》の寸法を採《と》りはじめた。

スミスは、どうやら不動産投資会社の人間らしい。絹代は金融機関が抱えている担保物件を安く買い叩いて、スミスの会社に転売しているのだろう。

瀬名は確信を深め、少し店から遠ざかった。

十数分経つと、絹代たちが呉服店から出てきた。二人はアーケード街を通り抜け、地上に出た。

瀬名は数十メートルの距離を取りながら、絹代たちを尾行した。二人は、四、五分歩き、銀座八丁目の裏通りにある高級居酒屋に入った。

割に店内は広かった。二人は奥のテーブル席につき、ビールと肴《さかな》を注文した。

瀬名は裏通りを往復しながら、二人が出てくるのを待った。

小《こ》一時間が経過したころ、スマートフォンが着信した。氏家からの連絡だった。

「杉江には、妙な趣味があったぜ」

「秘密ＳＭクラブにでも出入りしてたのか？」

「いや、上野にある女装クラブの会員だったんだよ」

「女の恰好《かっこう》をして部屋の鏡を覗き込んで、『あたしって、けっこう色っぽいのね』なんて言ってるんだな」

「そういうこともしてるんだろうが、杉江は女装で上野広小路を行ったり来たりしてるんだ。多分、ナンパされるのを待ってるんだろう。杉江はゲイにちがいない」

「そうとは限らないぜ。化粧したり、女物のランジェリーを身につけること自体に倒錯的な快感を覚えるビジネスエリートたちがいるようだからな」

瀬名は言った。

「どっちにしても、ノーマルじゃないよ。杉江はそういう弱みを銀行の関係者に知られたんで、自分の将来に見切りをつける気になったんだろうか」

「そうなのかもしれないな」

「あっ、杉江が肉体労働者っぽい若い男に声をかけられて立ち話をしはじめた」

「女と思われたのか。それとも、声をかけた奴は相手が女装してる男とわかって誘ったのか」

「興味深いとこだな。おっ、杉江が相手の男と腕を組んで、上野公園の中に入ってて ったよ」

「二人の様子をもうしばらくうかがってみてくれ」

「了解！　ところで、石上絹代の動きは？」

氏家が訊《き》いた。

瀬名は経過を手短に話した。

「絹代は単なる占有屋じゃなかったんだな」

「ああ。金融筋の担保物件に占有屋どもを送り込んで、そういう不動産を超安値で買い漁って、スミスって男の会社に転売してるんだろう」

「赤毛の男の勤め先は、真っ当な投資会社じゃなさそうだな。信用のある会社なら、正々堂々と日本の銀行の不良担保物件をまとめ買いしたいと申し入れるはずだろう？」

「そうだな。おおかたスミスって奴が勤めてる会社は、向こうのマフィアと関わりがあるんだろう」

「イタリアン・マフィアかな。それとも、欧州で暗躍しはじめてるユーロ・マフィアなんだろうか」

「さっきマフィアと言ったが、スミスって奴の勤め先のスポンサーは、もしかしたら、アメリカの巨大資本なのかもしれない」

「まさか⁉」

「アメリカ人に限らないが、欧米の資本家たちは一様に徹底した合理主義者揃《そろ》いだからな。商品の仕入れ値が安ければ安いほど、利幅は大きくなる」

「待てよ、瀬名。いま、アメリカは景気が上向きはじめてるんだぞ。そんな汚い手を使わなくても、いくらでも儲《もう》ける方法はあるだろうが」

「資本家ってのは、どんな時代にも貪欲《どんよく》なもんさ。それはともかく、杉江たちを早く追ってくれ」

「そうだな。また、後で連絡するよ」

氏家が慌《あわ》ただしく電話を切った。

瀬名はスマートフォンを懐《ふところ》に戻し、高級居酒屋を覗いた。すると、絹代たち二人はレジの前にいた。勘定を払ったのは絹代だった。

瀬名は高級居酒屋から少し離れた。

ほどなく二人が表に出てきた。どちらも酔っているようには見えなかった。二人は酒に強いのか。

絹代はスミスと肩を並べて、来た道を引き返しはじめた。瀬名は、うつむき加減で二人を尾行した。

絹代はスミスを帝都ホテルのロビーまで送ると、客待ち中のタクシーに乗った。

瀬名はレンタカーに駆け寄った。すぐさまカローラを発進させ、絹代を乗せたタクシーを追尾しはじめる。

タクシーが停まったのは、六本木の俳優座ビルの裏手にあるサパークラブだった。絹代はタクシーを降りると、サパークラブに入っていった。誰かと店で落ち合うことになっているのだろう。

瀬名は路上に車を止め、サパークラブの出入口を確かめた。一カ所しかない。店内は、それほど明るくないだろう。

瀬名はそう判断し、いったん車に戻った。

グローブボックスの奥から、アーモンド大の超小型マイクと受信装置を取り出す。受信装置は煙草の箱ほどの大きさだった。すでにイヤフォンはセット済みだ。

瀬名は超小型マイクと受信装置を上着の左ポケットに突っ込み、サパークラブに足を踏み入れた。思った通り、店の中は薄暗かった。

瀬名は素早く店内を眺《なが》め渡した。

絹代は四十二、三歳の男と中ほどのテーブルにいた。二人は赤いキャンドルライトを挟んで、何か話し込んでいる。

「いらっしゃいませ。おひとりさまでしょうか?」

黒服の若い男が近づいてきた。

瀬名は黙ってうなずいた。黒服の男が案内に立った。瀬名は歩きながら、超小型マイクを絹代のいるテーブルの下にそっと落とした。

ワイヤレスマイクは転がったが、うまい具合にテーブルの脚の真横で止まった。

瀬名は奥の席に導かれた。

そう遠くない場所で、三十歳前後の男がピアノの弾き語りをしていた。ナンバーは『イパネマの娘』だった。

瀬名はシングルモルト・ウイスキーの水割りと数種のオードブルを注文した。黒服の男が恭《うやうや》しく一礼し、静かに下がった。

瀬名は、絹代の肩越しに四十年配の男をじっくり観察した。

精悍《せいかん》な顔つきで、眼光が鋭い。身だしなみはきちんとしているが、どことなく荒んでいる。まともな暮らしをしているとは思えない。

瀬名は二人の会話が気になったが、急《せ》かなかった。

セブンスターをゆったりと喫う。いつしか曲は、『思い出のサンフランシスコ』に変わっていた。

一服し終えたとき、水割りとオードブルが運ばれてきた。

瀬名は水割りをふた口ほど啜《すす》ってから、さりげなくイヤフォンを耳に嵌めた。上着のポケットに片手を滑りこませ、周波数のダイヤルを少しずつ回していく。

雑音《ノイズ》が途切れ、絹代と男の遣《や》り取りが鮮明に聴こえてきた。

――ロバート・スミスは帝都ホテルで今夜も淋しく独り寝か。

――大地《たいち》さん、それはどういう意味なの？

――誤解しないでください。あなたにスミスを慰《なぐさ》めてやったらと言ったわけじゃないんですよ。今後のビジネスのことを考えたら、たまには高級娼婦を抱かせてやってもいいんじゃないかと申し上げたかったんです。その手の女を手配もできますが、どうしましょう？

――そこまでサービスする必要はないと思うわ。

――あなたがそうおっしゃるなら、余計なことはしません。それより、例の件で、かえで銀行が折れてきましたよ。あの物件は、たったの六億で買収できるでしょう。

――凄腕ね。あの担保物件は一等地に建ってるから、その十倍以上の価値があるんじゃない？

――ええ、そうですね。スミスの会社に九億以上で売れるでしょう。

――東和銀行の件は、どうなったの？

――副頭取の自宅の塀に牛の生き血をぶっかけろって指示してありますから、そう遠くないうちに競売を取り下げるでしょう。そうなったら、すぐに値段の交渉に入るつもりです。

――そう。よろしくお願いします。大地さんがいなかったら、このビジネスはできないんだから。

——せいぜい頑張ります。ただ、経費が意外にかかってしまって、ちょっと頭を抱えてましてねえ。いかにもチンピラって奴らばかりじゃ睨《にら》みが利かないんで、準幹部クラスの連中にも担保物件に寝泊まりしてもらってるんですよ。

——取り分に不満があるわけね。

——不満というよりも、もう少し色をつけていただけるとありがたいな。あなたから、田園調布の御大《おんたい》にそれとなく打診してもらえませんか？

——どうなるかわからないけど、その旨《むね》は必ず彼に伝えるわ。

——御大も絹代さんの話には耳を傾けるでしょうから、そのうち色よい返事をいただけるでしょう。

——さあ、それはどうかしら？

——御大のために、だいぶ危ない橋を渡ってきたわけですから、絹代さんもうまく口添えしてくださいよ。

——彼があなたの要求を突っ撥《ぱ》ねたら、反旗でも翻《ひるがえ》す気なの？

——御大は恩人ですから、そんなことはしませんよ。こう見えても、律儀でしてね。えへへへ。

——彼を裏切ったりしたら、わたし、あなたを絶対に赦《ゆる》さないわよ。悪いけど、先に失礼するわ。

会話が途絶え、絹代が立ち上がる気配が伝わってきた。

瀬名は耳のイヤフォンを外し、すぐさま腰を浮かせた。超小型マイクをそのままにして、大急ぎで支払いを済ませる。すでに絹代は店を出ていた。

瀬名は表に飛び出した。

絹代は東京ミッドタウンの方に向かって歩いていた。自宅は近くにあるのか。

瀬名はカローラに乗り込み、低速で追尾しはじめた。

絹代が六本木四丁目郵便局のある通りを右に曲がり、檜町《ひのき》公園の手前に建つ高級マンションに消えた。

瀬名はマンションの少し手前でレンタカーを停め、エントランスに歩み寄った。

集合郵便受けを見ると、三〇五号室に石上というネームプレートが出ていた。絹代の自宅だろう。オートロック・システムになっていた。外部の者が勝手にマンションの中に入ることはできない。

田園調布の御大とは、いったい何者なのか。その人物と絹代が特別な間柄であることは、想像に難《かた》くなかった。

黒幕が絹代の自宅を訪ねるかもしれない。少し張り込んでみよう。瀬名はレンタカーに戻った。

それから数十分後、氏家から電話がかかってきた。

「杉江は危険な男だぜ」

「どういうことなんだ？」

「支店長は上野公園に誘い込んだ男にペニスを出させると、いきなり隠し持ってた大型カッターナイフで斬《き》りつけて逃げたんだよ」

「何か心的外傷《トラウマ》を抱えてるんだろう」

「ああ、おそらくな。真寿美さんから何か連絡は？」

「ないんだ。しかし、こっちはちょっとした収穫があったよ」

瀬名は詳しい話をして、先に電話を切った。ほとんど同時に、真寿美から連絡が入った。

「笠木って店主、少し前に店を閉めたんだけど、なんと女装して現われたのよ。いったい、どうなっちゃってるの⁉」

「杉江支店長にも、女装癖があるんだ」

瀬名は、氏家から聞いた話を伝えた。

「笠木と杉江は共通の秘密で繋がってたんじゃない？」

「どうやら、そうみたいだな。『マグナム』のオーナーも杉江と同じように街で拾った男をどこかに連れ込んで、相手を傷つけるつもりなのかもしれない」

「ええ、考えられるわね」

「できたら、その犯行現場を隠し撮りしといてくれないか」

「オーケー、わかったわ」

真寿美の声が沈黙した。

瀬名は座席の背凭れを深く倒し、上体を預けた。

3

メールが送られてきた。

瀬名は、ノートパソコンのディスプレイを見つめた。石上絹代の自宅マンションの前で張り込みはじめてから、およそ一時間が経っていた。

瀬名は数十分前に自称天才ハッカーの館隆一郎に電話をかけ、スミスという宿泊客に関する情報を集めるよう頼んであった。

館は、さっそく帝都ホテルのコンピューター・システムに侵入してくれたようだ。

〈ロバート・スミスは、ニューヨーク市に本社を置く不動産投資会社『エスルマン商会』の営業部員です。なお、同社の社長のジェイムズ・エスルマンは、アイルランド系の犯罪組織のボスの実弟です。『エスルマン商会』は、すでに日本の金融機関が抱えていた不良担保物件を三十七棟、『石上エンタープライズ』経由で買収しています。その約半数は、債権者が競売を取り下げた物件です。『石上エンタープライズ』の代表取締役は石上絹代でした。ついでに、同社から大地省吾《しょうご》なる人物の銀行口座に月々、一億円前後の金が振り込まれていることも報告しておきます。残念ながら大地省吾の正体は突きとめられませんでした。おおかた、暴力団と繋がりのある不動産ブローカーでしょう。以上です〉

瀬名はメールの文字を二度読み、その場で消去した。

これで、美人ガーデニング・コーディネーターが不良債権ビジネスに関わっていたことが裏づけられた。サパークラブで会っていた大地省吾は買収計画に基づいて、組関係の人間を占有屋としてテナントビルやマンションに送り込んでいたのだろう。

絹代自身が悪質な不良債権ビジネスを思いついたとは考えにくい。おおかた彼女自身は、ダミーにすぎないのだろう。

絹代や大地の背後にいる〝田園調布の御大〟が仕掛人であることは、ほぼ間違いない。絹代をマークしつづけていれば、必ず黒幕が浮かび上がってくるはずだ。

その人物がビジネスの邪魔になる宮原と堤を抹殺する気になったにちがいない。その下働きをさせられたのが牟田、杉江、笠木の三人だったのだろう。

牟田は、二つの殺人事件のシナリオを練ったのが白土満男だと見せかけるための偽装工作に一役買わされた。編集プロダクションの立て直しを図りたいと考えていた彼は、取材を通じて知り合った笠木の誘いにやすやすと乗ってしまったようだ。

年齢もタイプも異なる笠木と旭陽銀行の杉江は、おそらく同じ女装クラブに属していた時期があったのだろう。

笠木か杉江のどちらかが、絹代と何らかの繋がりがあると考えられる。

笠木は裏社会から手に入れた麻薬と拳銃を牟田を介して今村譲司に渡し、占有屋のボスの宮原修平を始末させた。彼自身は精巧な密造銃で追い出し屋の堤良太を射殺し、さらに牟田の口も封じた。

杉江は、どんな協力をしていたのか。

瀬名はセブンスターに火を点け、さらに推理を巡らせた。

杉江は単に心に同じ傷を持つ笠木に泣きつかれて、旭陽銀行の不良担保物件の情報を流したのか。それともアブノーマルな趣味が職場に知れ渡ってしまったため、積極的に絹代たちに手を貸す気になったのだろうか。

どちらにしても、遣《や》りきれない話だ。何か辛《つら》い過去がなければ、杉江は銀行員として定年まで勤め上げ、平凡な人生を終えることになったのではないか。

短くなった煙草の火を消したとき、スマートフォンが着信音を奏《かな》ではじめた。

瀬名は、すぐにスマートフォンを耳に当てた。

「わたしよ」

真寿美だった。

「女装した笠木は渋谷で、誰か男を拾った？」

「ええ。典型的な筋肉マンに声をかけて、渋谷公会堂の裏の暗がりに連れ込んで、相手のシンボルを……」

「くわえたんだな？」

「露骨な言い方ね」

「で、それからどうなったんだ？」

「笠木はフェラチオをしながら、胡桃《くるみ》割りのような金具で相手の睾丸《こうがん》を潰《つぶ》してしまったの。相手の男が目を剝《む》いて気絶すると、特殊警棒のような物を後ろの部分に力まかせに突っ込んだのよ。それから彼は、悶絶《もんぜつ》してる筋肉マンをさんざん蹴りつけてから、相手の顔面におしっこを引っかけたの」

「スカート穿《は》いて、立ち小便か。ちょっとシュールな眺めだったろうな」

瀬名は言った。

「呑気《のんき》なことを言ってるわ。笠木って奴、かなり屈折してるわね。過去の出来事が性格を歪《ゆが》めたんじゃない？」

「そうなんだろうな。で、笠木の自宅まで突き止めてくれたか？」

「ええ。自宅マンションは中目黒にあったわ。東急東横線の中目黒駅のそばよ」

「いまは、そのマンションの近くにいるんだな？」

「そう。笠木は自分の部屋に入ったきりで、もう出かける様子はなさそうだわ」

「悪いが、あと二時間ぐらい張り込んでみてくれないか。ひょっとしたら、旭陽銀行の杉江が笠木の自宅に立ち寄るかもしれないからな」

「二人は同性愛者なのかしら？」

「それはどうかわからないな」

「どっちにしても、哀しい生き方よね」

真寿美が同情を含んだ声で言った。

瀬名は、氏家から聞いた話をそのまま伝えた。口を結ぶと、真寿美が言った。

「笠木も杉江もゲイたちを憎んでるようね。ということは、二人とも子供のころに同性に性的ないたずらをされたんじゃない？」

「ああ、おそらくな。二人は同志的というか、戦友みたいな意識を持ってて、示し合わせてゲイ狩りをしてるのかもしれない」

「そうなのかもね。同じ夜に二人とも女装して、似たようなことをしたわけだから」

「もし杉江が笠木のマンションを訪ねたら、氏家《ウジ》と一緒に二人を押さえといてくれないか。おれは、もう少し絹代のマンションの前で粘ってみるよ」

瀬名は絹代の自宅を突きとめるまでの経緯《いきさつ》を順序だてて話してから、先に電話を切った。

ちょうどそのとき、マンションの地下駐車場から紺色のＢＭＷが走り出てきた。瀬名は何気なくドライバーの顔を見た。

なんと絹代だった。黒幕に電話で呼び出されたのか。

瀬名はＢＭＷを追跡しはじめた。ＢＭＷは外苑ランプから高速四号新宿線に上がり、そのまま中央自動車道に入った。十一時半を過ぎていた。

絹代は首謀者の別荘にでも行くのだろうか。そうだとしたら、絹代を弾避《たまよ》けにして黒幕に迫るか。

瀬名はレンタカーでＢＭＷを追尾しつづけた。

一台のダンプカーが強引にカローラの前に割り込んできたのは、相模湖《さがみこ》ＩＣ《インターチェンジ》を越えて間もなくだった。すぐにダンプカーが減速した。

「どういうつもりなんだっ」

瀬名は車の中で喚《わめ》いた。

パッシングしたが、いっこうにスピードを上げようとしない。後続のセダンとの距離が縮まった。瀬名は、いったん左のレーンに移った。

すると、ダンプカーがウインカーも点けずに急にハンドルを切った。

瀬名は慌ててスピードを緩めた。右の追い越しレーンの後続車が高速で通過していった。その後ろの車は、はるか後方だ。

瀬名はアクセルを深く踏みつけ、右のレーンに入った。

と、ふたたびダンプカーが前方を塞《ふさ》いだ。どうやら単なる厭《いや》がらせではなさそうだ。

絹代の罠《わな》に嵌まってしまったらしい。

ＢＭＷは、とうに視界から消えていた。

運転者を痛めつけて、絹代の行先を吐かせる気になった。

瀬名は左のレーンに戻った。前走の車は、だいぶ先を走っている。

一気に加速した。ダンプカーがラインいっぱいまで幅寄せしてきた。

瀬名はカローラのアクセルをさらに踏み込み、右レーンに移った。

ダンプカーが猛然と追ってくる。いまにも追突されそうだ。

瀬名は左右のレーンを使い分けながら、上野原《うえのはら》ＩＣまで突っ走った。案の定、ダンプカーが真後ろにくっついてきた。

瀬名はＩＣを降りると、甲州街道を数キロ進み、県道に入った。五分ほど走り、雑木林の横でレンタカーを急停止させた。

大急ぎで車の外に出る。ダンプカーは数十メートル後ろに停まりかけていた。

瀬名は雑木林の中に走り入った。

誘いだった。すぐに太い樹木によじ登り、横に張り出した太い枝を足場にする。

二つの人影が雑木林に近づいてきた。

背恰好《せかっこう》から察して、どちらも若い男のようだ。瀬名は樹幹《じゅかん》に身を寄せ、じっと動かなかった。

「どっちに逃げやがったんだろう？」

「おそらく、この奥だろうよ。二人で大きく回り込んで、野郎を挟み撃ちにしようや」

「そうだな」

男たちが言い交わし、右と左に別れた。

二人は足音を忍ばせながら、暗い林の奥に分け入っていった。

瀬名は太い枝の上で、ベルトの下からアメリカ製の強力パチンコを改良したカタパルトを引き抜いた。樹木の幹に隠れ、カタパルトに五百口径の鋼鉄球をセットする。

日本では、強力パチンコは子供の遊具扱いされているが、アメリカやカナダでは立派な狩猟具だ。

数十メートル先の大鹿でも一発で仕留めることができる。五百口径の鋼鉄球ともなると、その貫通力は大型拳銃弾並だ。

瀬名は冷静に獲物を待った。

雑木林には、かすかに星明かりが届いている。目を凝《こ》らせば、標的はぼんやりと見えるはずだ。
六、七分が経過したとき、近くの小枝から野鳥が急に羽ばたいた。その直後、右手の樹間から落葉を踏みしだく足音が響いてきた。
瀬名は樹幹に体半分を預け、カタパルトのゴムチューブを右耳の後ろまで引き絞った。軽合金製のY字型の本体を斜めに地面に向け、しっかりと固定する。

「おーい、こっちにはいねえぞ」

男が小声で相棒に教えた。

瀬名は男の影が大きくなるまで待った。

ほどなく標的の姿がくっきりと目に映った。都合のいいことに、男は白っぽい服を着ていた。二十代の後半だろう。

男の右手には、自動拳銃が握られていた。型《タイプ》は判然としない。

風船のように膨《ふく》らませたビニール袋で、右手がすっぽり包まれている。拳銃も袋の中だった。

いわゆる袋掛け《バギング》と呼ばれている消音テクニックだ。口径の小さな拳銃なら、枕、クッション、ペットボトル、ポリエチレン袋などで銃声をだいぶ弱められる。

本格的なバギングなら、薬莢《やっきょう》を回収する手間が省《はぶ》ける。火薬の滓《かす》を現場に遺《のこ》す心配もない。硝煙も袋の中に封じ込むことができる。

バギングまで心得ているのだから、ただのチンピラではなさそうだ。

瀬名は気持ちを引き締め、男の胸板に狙《ねら》いを定めた。頭部や顔面を狙ったら、相手は死んでしまうかもしれない。殺すわけにはいかなかった。

男が立ち止まった。

その瞬間、瀬名は五百口径の鋼鉄球を放った。的《まと》は外さなかった。男が呻いて、仰《あお》向《む》けに倒れた。

弾みで、拳銃が暴発した。

銃声は小さかった。銃口炎《マズル・フラッシュ》も淡かった。

男が肘《ひじ》で上体を起こし、たてつづけに二発撃った。雑木林の奥で着弾音が響いた。

「野郎がいたのか？」

左の方から、別の男が駆けてきた。

やはり、二十七、八歳だ。右胸に鋼鉄球を受けた男が唸《うな》りながら、仲間に言った。

「逃げた奴、ハンティング用のパチンコを持ってるみてえなんだ」

「どの方向から狙われた？」

「はっきりしねえけど、高い位置からベアリングボールみてえなやつが放たれたんだ」

「それなら、樹《き》の上にいるのかもしれねえぞ」

相棒が懐中電灯を掲げ、周囲に光を向けた。

瀬名はカタパルトに二発目の鋼鉄球を装塡《そうてん》した。

強力なゴムチューブを引き絞り、懐中電灯を持った男の肩口を狙う。鋼鉄球ごと抓《つま》んだ革の弾当てから、親指と人さし指を同時に離す。

鋼鉄球が鋭く夜気《やき》を裂きながら、男の肩口を弾いた。標的が体をハーフスピンさせ、地べたに転がった。

懐中電灯の光が樹々を掃くように揺れ、枯枝の上に落ちた。男が肩口を押さえながら、体を丸めた。

瀬名はカタパルトを腰のベルトに戻すと、素早く太木から滑り降りた。

白っぽい服を着た男に組みつき、袋掛けした自動拳銃を奪い取った。デトニクスだった。アメリカ製のポケットピストルだ。

「て、てめえ！」

「騒ぐと、頭がミンチになるぞ」

「くそっ」

男が歯嚙《はが》みした。

瀬名は、白っぽい服の男のこめかみに銃口を押し当てた。

「大地に頼まれたんだなっ」

「誰だい、そいつは？」

男が空とぼけた。もうひとりの男が身を起こそうとした。

瀬名はデトニクスを横に動かし、無造作に引き金を絞った。九ミリ弾は標的の右腿《みぎもも》に命中した。血臭《けっしゅう》がうっすらと漂《ただよ》った。

被弾した男が歯を剝いて、のたうち回りはじめた。瀬名は銃口を白っぽい服の男に向けた。

「おまえは、両脚を撃ってやろう」

「や、やめてくれ。大地さん、大地さんに頼まれたんだ」

「やっぱりな。石上絹代はおれが張り込んでるのに気づいて、大地に連絡したってわけだ」

「そうらしい。おれたちは女社長を逃がして、あんたの正体を吐かせろって言われたんだ」

「どこの者《もん》だ？」

「新宿の加賀組だよ。大地さんにはよくしてもらってるんで、断れなかったんだ。あんたにゃ、何も恨みはなかったんだがな」

「絹代の行先は？」

「八ヶ岳高原の別荘に行くと言ってた」

「詳しい場所を教えろ」

「小海線《こうみ》の佐久海ノ口駅《さくうみのくち》の近くにあるらしいよ。ゴルフ場の手前のシャトー風の別荘だって聞いてる。おれたちは、行ったことがねえんだ」

男が言った。瀬名は穏やかに笑い、男の右の太腿に銃弾を浴《あ》びせた。男が凄《すさ》まじい声をあげた。

瀬名は男たちのスマートフォンを奪い、遠くに投げ捨てた。二人は、そこまでは這《は》い進めないだろう。デトニクスを提《さ》げたまま、林の中から出る。

念には念を入れておこう。

瀬名はダンプカーに駆け寄り、残弾で前輪のタイヤを撃ち抜いた。デトニクスを繁《しげ》みに投げ放って、レンタカーに歩を進める。

4

新緑の匂いが濃い。

瀬名は佐久海ノ口の別荘地の舗装道路を歩いていた。

間もなく、午前一時になる。レンタカーは百数十メートル後方に駐めてあった。灯の見える別荘は一軒もない。平日だからだろう。

道は緩やかな登り坂になっていた。

ツツジの花の香りが風に運ばれてくる。夜空には、無数の星が散っていた。淡いレモン色で、瞬《またた》きも鮮明だ。

高原の夜気は澄んでいた。いくらか肌寒い。

数分歩くと、中世ヨーロッパの城を想わせる白い建物が視界に入った。

二階建てだが、尖塔《せんとう》の部分はかなり高い。優に十メートルはあるだろう。窓の幾つかは明るかった。

瀬名は別荘に近づいた。

火山岩を積み上げた門柱があるだけで、生垣《いけがき》の類《たぐい》はなかった。表札も見当たらない。

瀬名は別荘の前庭に入った。

白樺《しらかば》、ダケカンバ、ヒメシャラなどがアクセントになっている。絹代が植木職人に指示して、植え替えさせたのだろう。

瀬名は細心の注意を払いながら、シャトー風の山荘に近づいた。防犯カメラや赤外線センサーは設置されていなかった。

瀬名は車寄せに目を向けた。見覚えのある紺色のＢＭＷが駐めてあるきりだ。しかし、まだ油断はできない。

瀬名は足音を殺しながら、建物を一巡した。

庭には誰も潜《ひそ》んでいなかった。庭木の陰も覗いてみたが、そこにも動く影はなかった。浴室には電灯が点いていた。絹代が入浴中なのだろう。相手が素っ裸なら、好都合だ。

瀬名は台所のドアに歩み寄った。

当然のことながら、施錠されていた。瀬名は万能鍵でロックを解《と》いた。その瞬間、アラームがけたたましく鳴り響きはじめた。

瀬名はドアの横の外壁に身を寄せた。

二分ほど経過すると、台所のドアが細く開けられた。瀬名はノブを手前に大きく引き、ストロボマシンを明滅させた。

白いバスローブ姿の絹代が短く叫び、腕で目許《めもと》を覆った。瀬名は台所に上がり込み、絹代の利《き》き腕《うで》を捻《ねじ》上げた。

「痛い！　何をなさるんですっ。あなたは確か『赤熱』の同人になりたいと赤坂の事務局にいらした北海道の……」

「いまさら白々《しらじら》しいことを言うな。おれのことを大地に話して、罠を仕掛けたくせに」

「なんの話なの？」

「しぶといな。この別荘には、あんたのほかは誰もいないのか？」

「ええ、わたしひとりよ。お金が欲しいんだったら、あげるわ」

絹代が言った。

「押し込み強盗扱いする気かっ」

「だって、そうなんでしょ？」

「歩け！」

瀬名は絹代の右腕を振り上げたまま、彼女の肩を押した。絹代が観念し、ゆっくりと歩きはじめた。

瀬名は別荘の全室を案内させた。

間数《まかず》は八室だった。すべて洋室だ。物入れやクローゼットの中まで検《しら》べてみたが、誰も隠れていなかった。

瀬名は絹代を一階の大広間に押し入れ、バスローブを剝ぎ取った。絹代が乳房と股《こ》間《かん》を手で隠し、熟れた裸身を縮めた。

「両手をどけろ」

「わたしをどうするつもりなの⁉」

「胸や大事なとこを隠すなと言ったんだ」

瀬名は、絹代をロココ調の長椅子に押し倒した。

絹代が体のバランスを崩し、斜めに長椅子の上に倒れた。乳房は砲弾型だった。ウエストのくびれが深い。飾り毛は、ほどよい量だった。

「こんな姿じゃ、落ち着かないわ。バスローブを着させて」

「駄目だ」

「わたしを穢《けが》す気なの⁉」

「あんたが事実を話そうとしなければ、犯して殺す」

瀬名は脅《おど》した。

「なぜ、わたしがそんな目に遭《あ》わなきゃならないの⁉」

「自分の胸に訊くんだな」

「わたしがいったい何をしたって言うんですっ」

絹代が柳眉《りゅうび》を逆立てた。

「あんたがあくまでシラを切るつもりなら、ちょっと手荒なことをしなけりゃならなくなるな」

「やめて！　わたしに近寄らないで」

「来るんだっ」

瀬名は長椅子に歩み寄り、絹代の右腕を摑んだ。強く引っ張り、強引に立ち上がらせた。

「わたしに何をする気なのよ」

絹代が床に坐り込んで、全身に力を込めた。

かまわず瀬名は、絹代の腕を力まかせに引いた。絹代が横向きに引っくり返った。

瀬名は絹代を浴室まで引っ張っていった。

浴室は広かった。天然大理石がふんだんに使われている。

瀬名は絹代を洗い場の中央に立たせ、すぐさまシャワーヘッドを手に取った。温度調節ダイヤルの目盛りを六十五度に合わせた。

「わたしの体に熱湯を注《そそ》ぐ気なのね⁉」

「場合によってはな」

「あなたが言ってたことには、何も思い当たらないわ。だから、喋れと言われても答えようがないでしょうが！」

「そうかな？　ちょっと体に訊いてみよう」

「お願い、やめてちょうだい」

絹代が怯《おび》えた表情で後ずさりはじめた。

瀬名は、シャワーのコックを全開にした。シャワーヘッドから、熱湯が迸《ほとばし》りはじめた。たちまち浴室に湯気が籠った。

「さて、どこまで我慢できるかな」

瀬名は冷然と笑い、湯の矢を絹代の足許に注ぎはじめた。

たぎった湯の飛沫《ひまつ》が絹代の足の甲や踝《くるぶし》に降りかかる。絹代は悲鳴を放ちながら、洗い場を逃げ回った。

女に荒っぽいことはしたくないが、仕方がない。

瀬名は熱湯を絹代の膝《ひざ》小僧や太腿に浴びせかけた。

白い肌は、たちまち赤くなった。絹代は跳びはねながら、シャワーを止めてくれと哀願した。

瀬名は黙殺しつづけた。

すると、絹代が急に黒いセラミックタイルの上に仰向けになった。瀬名はシャワーヘッドを浴槽に向けた。湯船の底が高く鳴りはじめた。

「なんの真似《まね》だ？」

「わたしを自由にしてもいいわ」

絹代が媚《こ》びた目で甘やかに言い、立てた両膝を大きく開いた。

秘めやかな場所が露《あらわ》になった。亀裂《きれつ》は少し捩《よじ》れていた。

「色仕掛けってわけか」

瀬名は、絹代に蔑《さげす》みの眼差《まなざ》しを向けた。

ふだんなら、喜んで据え膳《ぜん》を喰《く》う気になっただろう。しかし、いまは状況が違う。

「わたしの体、ペニスを締めつける構造らしいの」

絹代が自慢げに言い、指で合わせ目を開いた。複雑に折り重なった淡紅色の襞《ひだ》は、妖《あや》しい光をたたえている。

一瞬、欲情が息吹《いぶ》きそうになった。瀬名はわずかに目を逸《そ》らした。

「ね、試《ため》してみて」

「男をあまり甘く見ないほうがいいな」

「わたしが怕《こわ》いのね」

絹代がからかうように言って、含み笑いをした。

激情が沸いた。瀬名は、絹代の性器に熱湯をまともに注いだ。

絹代が怪鳥《けちょう》じみた声を洩《も》らし、体を左右に振った。それから彼女は股間に手を当て、長く唸った。

「当分、そこは使いものにならないだろう」

「変態！」

「なんとでも言え。全身が火脹《ひぶく》れになるまで粘ってみるかい？」

瀬名は湯の矢を絹代の首すれすれの場所に浴びせた。飛び散った湯滴が乳房の裾野《すその》を濡《ぬ》らした。

「あんたは田園調布の御大と結託して、占有屋の宮原修平を今村譲司に殺《や》らせたな？」

瀬名はシャワーを止め、ポケットの中のＩＣレコーダーの録音スイッチを押した。

「もう赦して」

「ごまかすな。おれの質問にちゃんと答えるんだ。ジョージに麻薬《ドラッグ》とマウザーＭ２を渡したのは、死んだ牟田正彦なんだろう？　その両方を加賀組から手に入れたのは、『マグナム』のオーナーの笠木か、不動産ブローカーの大地省吾だなっ。どっちなんだ！」

「覚醒剤と大麻は、大地さんが加賀組から入手したのよ。ジョージが使った拳銃は、笠木が知り合いの米軍人に頼んでロスで買ったマゥザーM2と実弾を軍事郵便で日本に送ってもらったの」

絹代が上体を起こし、自分の膝を抱え込んだ。

「笠木を使って牟田を仲間に引きずり込んだのは、自分たちの罪を白土満男におっ被せたかったからだな」

「その通りよ。でも、うまくいかなかったわ」

「追い出し屋の堤良太を笠木に射殺させ、ついでに牟田も始末させたな？」

「何もかも知ってるんでしょ？　いちいち説明させないでよっ」

「おれは自分の推測が正しかったかどうか、一つずつ確かめたいのさ」

「厭な奴！」

「旭陽銀行の杉江も仲間だな？」

「そうよ。彼は笠木と特別に仲がよかったし、銀行の不良担保物件に関する情報を握ってるんで、仲間に引きずり込んだわけ」

「笠木と杉江はゲイのカップルなのか？」

「二人ともノンケよ。ただ、どちらも子供時分に学校の教師や養父から性的な虐待を受けたとかで、二人ともゲイを憎んでたわ。そんなことで、すごく気が合ってたのよ」

「やっぱり、そうだったか。杉江と笠木は単に仲がよかったという理由だけで、汚い不良債権ビジネスに手を貸す気になったんじゃないんだろう？」

瀬名は訊いた。

「彼は支店長の立場をいいことに、笠木に何年も不正融資してたのよ。『マグナム』は開業以来、ずっと赤字だったの」

「杉江は、その不正融資が職場で発覚しそうになったんで、あんたたちの仲間になったわけだ」

「その通りよ」

「笠木とあんたの結びつきは？」

「彼は、わたしの義兄よ。三年前に交通事故死した姉の夫だったの」

「そうだったのか。大地との関係は？」

「彼は、わたしの知り合いってわけじゃないわ」

「田園調布の御大の知人ってことか」

「………」

絹代は口を開かなかった。肯定の沈黙だろう。瀬名は絹代を見据えた。

「あんたのパトロンが一連の事件の絵図を画《か》いたんだなっ」

「さあ、どうでしょう?」

「そいつは誰なんだっ」

「教えられないわ」

絹代の表情から、急に恐怖の色が消えた。

瀬名は悪い予感を覚えて、すぐに振り返った。脱衣室に、消音器付きのコルト・ガバメントを握った大地が立っていた。

「冥土《めいど》の土産《みやげ》にボスの名を教えてやろう。きさま、『ホワイトハット』って知ってるか?」

「首都圏に八十数店舗を持ってる自動車用品販売会社だろ?」

「そうだ。超安値をセールスポイントにしてたんだが、年々、利益が圧縮されて、ついに去年から赤字経営になっちまった」

「オーナーは野崎友義《のざきともよし》だな、元呼び屋の。確か野崎はイギリスから招いた大物ロック歌手とギャラのことで揉《も》め、相手の顔面をビール壜《びん》でぶっ叩いてプロモーターを廃業したんだったな」

瀬名は言った。

「よく知ってるな。おれは、野崎さんの秘書兼用心棒だったのさ」

「いまも番犬として、野崎に飼われてるわけか。一生、飼い殺しにされるといいさ」

「きさま、早く死にたいらしいな」

大地の眼光が一段と鋭くなった。そのとき、大地の首にスチール・ワイヤーの輪が引っかかった。

何者かが大地を引き倒し、そのまま引きずっていく。瀬名は浴室を飛び出した。

黒い革手袋をした男がスチール・ワイヤーの輪を引き絞っていた。あろうことか、瓜生猛《うりゅうたけし》だった。宿敵の殺し屋だ。

瓜生は中国拳法に各種の格闘技をミックスした独得のサバイバル戦法を操り、ロケット・ピストルなど特殊武器造りにも長《た》けている。

かつて瀬名は氏家とともに、北海道の日浦岬で瓜生と死闘を繰り広げた。謎《なぞ》だらけの殺し屋は、氏家の愛弟子《まなでし》を殺害させた悪党の放った刺客として二人の前に現われた。

瀬名は手強《てごわ》い瓜生に痛めつけられながらも、決して怯《ひる》まなかった。氏家の助けを借り、黒ずくめの殺し屋を断崖から投げ落とした。

断崖の真下は荒磯だった。瀬名はてっきり瓜生は死んだと思っていた。

しかし、次の日の夜、瓜生が瀬名の自宅マンションに電話をしてきた。さすがに不気味だった。黒ずくめの殺し屋は血を吐くような声で、瀬名と氏家の二人を必ず葬ると宣告して荒々しく受話器を置いた。

「余計なことをするな」

「別に、おまえの加勢をしてるわけじゃない。おれ自身の手で、おまえと氏家の息の根を止めたいのさ」

「ワイヤーを緩めろ」

「もう男は生きちゃいない。また会おう」

瓜生がスチール・ワイヤーから手を放し、建物の外に走り出た。

瀬名は廊下から消音器付きの拳銃を拾い上げ、瓜生を追った。

別荘の敷地内はもちろん、あたり一帯を駆け回った。しかし、黒ずくめの殺し屋の姿はどこにも見当たらなかった。

別荘の中に戻ると、首の千切《ちぎ》れかけた大地の死体のそばに裸の絹代が茫然《ぼうぜん》と立っていた。

この女を人質に取って、黒幕の野崎に迫ろう。瀬名は絹代に銃口を向け、服を着るよう命じた。

絹代がうつけた顔で、脱衣室に引き返していった。全身が小刻みに震えていた。

エピローグ

岸壁は無人だった。

西伊豆の小さな漁港である。舫《もや》われた数隻の漁船が夕陽を浴《あ》びながら、かすかに揺れていた。

瀬名は、緋色《ひいろ》に染まった駿河湾《するがわん》の沖合を見ていた。

白いクルーザーは、どこにも浮かんでいない。野崎は二億円の現金を積んだ自家用艇で、午後五時に岸壁に来ることになっていた。あと四分で、約束の時間だ。

元呼び屋は約束を反故《ほご》にする気なのだろうか。それなら、それでもいい。もっと裁きが重くなるだけだ。

瀬名は口を歪《ゆが》めた。

人質の絹代は、サーブのトランクルームに閉じ込めてあった。美人造園家を監禁して三日が過ぎていた。その間、瀬名は北新宿のリースマンションで絹代と一緒に過ごした。

絹代は逃《のが》れたい一心で、幾度も色目を使った。しかし、瀬名は甘い罠《わな》には引っかからなかった。

絹代のパトロンに別荘で録音した音声を電話で聴かせたのは、きのうの正午過ぎだった。野崎は愛人の絹代が事件の真相を語っている音声を耳にしたとたん、忌々《いまいま》しげに舌打ちした。

瀬名は録音音声のメモリーの買い取りを要求した。

野崎は少し考えてから、メモリーに二億円の値をつけた。

瀬名は、あっさり手を打った。ひとまずダビングした音声を野崎に渡し、後日、相手を丸裸にする気でいたからだ。

ダイバーズウオッチ型の特殊無線機が放電音を洩《も》らした。

瀬名は特殊無線機を顔に近づけ、すぐに竜頭《りゅうず》を押した。それが送受信のスイッチになっていた。

「おれだよ」

氏家だった。彼は真寿美と一緒に海上の高速モーターボートの中にいるはずだ。どちらもウェットスーツに身を包み、敵の動きを探《さぐ》っていた。

「野崎のクルーザーは？」

「やっと見えてきたよ」

「クルーザーの周辺に、不審な船影は？」

「レンズの倍率を最大にしてるんだが、そういう船は見当たらないな」

「なら、殺し屋はクルーザーの中に潜《ひそ》んでるのかもしれない」

瀬名は言った。

「その可能性はありそうだな。そっちの様子はどう？」

「いまのところ、気になる人影は見当たらないよ」

「そうか」

「女強請屋《ゆすりや》は何してるんだ？」

「リモコン爆弾の配線を興味ありげに覗《のぞ》き込んでる」

「彼女に、少しはおれを見直したかって訊《き》いといてくれ」

「断る。瀬名に点数稼がせたくないからな」

「氏家《ウジ》、いい加減に諦《あきら》めろって」

「人間の感情ってやつは、そう簡単には変えられないよ」

「その通りだが……」

「瀬名、敵は野崎だけじゃないことを忘れるなよ。笠木と杉江は姿をくらましてるが、逃げたと決まったわけじゃない。それから、野崎は加賀組の奴らを金で雇ったとも考えられる」

「別の敵もいるぜ」

「瓜生猛のことだな？」

「そうだ。あの黒ずくめの殺し屋は、きっと近くでおれたちを見てるにちがいない」

「今度こそ、決着をつけてやる」

氏家が息巻いた。

「おれも同じ気持ちだよ」

「瀬名、おまえは手を出さないでくれ。おまえには、とても倒せる相手じゃない。瓜生は、このおれが倒す」

「氏家《ウジ》の気持ちはわかるが、おれにも意地がある」

「強情な男だ。仕方ない、前回と同じく二対一のセメントマッチでいこう」

「よし！　何か動きがあったら、すぐに教えてくれ」

瀬名は交信を切って、セブンスターに火を点《つ》けた。

ふた口喫《す》ったとき、麻のジャケットの内ポケットでスマートフォンが振動した。

瀬名は喫いさしの煙草《たばこ》を爪で海に弾《はじ》き飛ばし、スマートフォンを耳に当てた。

「わたしだ」

野崎の声だった。

「遅いじゃないか。何か企《たくら》んでるなっ」

「そうじゃないんだ。エンジンの調子がどうも変なんだよ。杉江を船外機付きのゴムボートで迎えに行かせるから、クルーザーに来てくれないか。もちろん、絹代も一緒にね。人質と録音音声のメモリーを渡してくれたら、約束した金は払う」

「いいだろう。早く杉江を迎えに来させろ」

瀬名は電話を切り、自分の車に足を向けた。

罠の気配を感じ取れなかったのではない。あえて敵の仕掛けに引っかかり、早く決着をつける気になったのだ。

瀬名はトランクリッドを開け、絹代を引っ張り出した。両手首はネクタイできつく縛ってあった。

「このままじゃ済まないわよ」

絹代が憎悪に暗く燃える目を向けてきた。

瀬名は黙殺して、絹代を岸壁の石段まで連れていった。ゴムボートが接岸できそうな場所は、そこだけしかなかった。石段の三分の一は海に没している。
七、八分待つと、防波堤の向こうから黄色いゴムボートが走ってきた。舵《かじ》を操っているのは、青っぽいパーカを着た中年男だった。
「あの男が杉江だな？」

瀬名は確かめた。絹代が黙ってうなずいた。

船外機付きのゴムボートが岸壁の近くで向きを変えた。

瀬名は絹代を石段の下まで降りさせた。自分もステップを下《くだ》りかけたとき、銃弾の衝撃波が耳許を掠めた。

瀬名は身を屈《かが》め、振り返った。

電動車椅子に乗った老女が自分に消音器付きの拳銃を向けている。よく見ると、女装した笠木だった。

電動車椅子から飛び降りた笠木が、立射の姿勢をとった。両手保持だった。

すぐに二発目が放たれた。わずかに的から外れていた。

瀬名は上着のポケットから、手製の特殊閃光手榴弾《スタングレネード》を摑《つか》み出した。レバーを強く引き絞り、ピン・リングを引いて笠木の足許に転がした。

ほとんど同時に、閃光《せんこう》が走った。笠木は爆風で吹っ飛んでいた。

スタングレネードは威嚇《いかく》用の手榴弾で、殺傷力はない。相手にショックを与え、闘争心を奪うだけだ。

瀬名は絹代の腕を引っ摑み、岸壁の上に戻った。笠木のそばに落ちていたベレッタ92FSを拾い上げ、女装男の反撃を封じた。

瀬名は消音器付きの自動拳銃で笠木と絹代を威《おど》しながら、先に二人をゴムボートに乗せた。自分も乗り込み、杉江に命じた。

「走らせろ」

「わかったよ」

杉江が不貞腐《ふてくさ》れた顔で言い、船外機付きのゴムボートを沖に向けた。

港内は鏡のように凪《な》いでいる。それでも防波堤の外は、割に波が高かった。

六人乗りのゴムボートは、うねりに揉《も》まれはじめた。

やがて、白い船体に青いラインの入ったクルーザーが見えてきた。錨《アンカー》を落としているらしく、小さく揺れているだけだった。二十フィート以上はあるだろう。

杉江がゴムボートをクルーザーに接舷《せつげん》させると、船室《キャビン》から野崎が現われた。白いトレーナーの上に、フード付きの緑色のパーカを羽織っていた。

「金を甲板《デッキ》に並べてもらおうか」

瀬名はベレッタ92FSの銃口を絹代の後頭部に押し当てた。

「先にメモリーと絹代を……」

「そうはいかない。早く金を持って来い！」

「いいだろう」

野崎が甲板から船室に降りた。

瀬名は警戒しながら、クルーザーの端から端まで目でなぞった。甲板には誰も隠れていないようだ。ゴムボートの周りにも視線を向けた。

海の中にも、刺客は潜んでいない。

野崎は、おとなしく二億円を渡す気なのか。そうだとしたら、元呼び屋は絹代をかけがえのない女と思っているのだろう。

いつしか陽《ひ》が翳《かげ》り、夕闇が漂《ただよ》いはじめていた。

少し待つと、両手で大型のジュラルミンケースを抱えた野崎が甲板に戻ってきた。

いかにも重そうだった。

「ケースの蓋《ふた》を開けて、札束を見せろ」

瀬名は命じた。

野崎が言われた通りに蓋を開けて札束を見せ、屈《かが》んで蓋を閉めた。だが、すぐにまた蓋は開けられた。

「みんな、くたばれ！」

野崎が立ち上がり、イタリア製の短機関銃《サブマシンガン》を扇撃《ファンニング》ちしはじめた。消音装置付きのベレッタＰＭ12Ｓは、札束の下に隠されていたのだろう。

笠木と杉江が相前後して頭を吹き飛ばされ、海に落ちた。

「あなた、わたしまで殺す気なの⁉」

絹代がゴムボートの中で立ち上がった。

次の瞬間、彼女は胸と腹を撃たれて瀬名の肩に倒れかかってきた。

瀬名は絹代の体を楯《たて》にして、笠木から奪《と》った拳銃で応戦した。クルーザーの手摺《てす》りに着弾した銃弾が大きく跳ねた。

二度目に放った拳銃弾が、野崎の腰に当たった。

野崎が甲板に倒れた。イタリア製の短機関銃が滑って海中に落ちた。

瀬名はゴムボートのエンジンを切り、クルーザーに乗り移った。ジュラルミンケースには、百万円の束が八つしか入っていなかった。

「やっぱり、こういうことだったか」

「後日、二億円はくれてやる。だから、殺さないでくれ」

野崎が血みどろの腰に手を当てながら、見苦しく命乞《ご》いした。

「最初っから、おれと一緒に仲間を殺《や》る気だったんだなっ」

「ドジな連中は、もう必要ないからな。それに、仲間がいなくなれば、転売で儲《もう》けた金をひとり占めできるじゃないか。だから、二億円はちゃんと払ってやる」

「薄汚い野郎だ。もう銭はいらない！」

瀬名は言うなり、ベレッタ92ＦＳの残弾で野崎の両膝を撃ち砕いた。

野崎が転げ回りはじめた。

「たっぷり苦しめ！」

瀬名はベレッタを野崎の顔面に叩きつけ、ゴムボートに戻った。

絹代は息絶えていた。死体を海に流し、仲間に無線連絡をとる。

応答したのは真寿美だった。

「野崎は三人の仲間を撃ち殺したようね？」

「ああ、その通りだ。奴は、たったの八百万しか用意してなかった」

「欲の深い男ね。それで、野崎は？」

「甲板《デッキ》でのたうち回ってるよ。急所を外して、三発ぶち込んでやったんだ。例のプラスチック爆弾、クルーザーの船腹にセットしてくれたな？」

「ええ、準備完了よ」

「それじゃ、手筈《てはず》通りのエンディングにしよう」

瀬名は船外機のセルモーターを始動させ、クルーザーからゴムボートを引き離しはじめた。

数百メートル遠ざかって、懐《ふところ》から起爆スイッチを取り出す。手製だった。

「地獄で泣き喚《わめ》け！」

瀬名は起爆スイッチを一気に押した。

海鳴りに似た音が水の底から轟《とどろ》き、爆発音が起こった。白いクルーザーは巨大な水柱に押し上げられ、派手に砕け散った。

油煙混じりの炎に包まれた船体の欠片《かけら》は、次々に海中に没した。

悪党には、少々贅沢《ぜいたく》な柩《ひつぎ》だったかもしれない。

瀬名はゴムボートのエンジンを全開《フルスロットル》にした。

数分走ると、氏家と真寿美の乗った高速モーターボートが近づいてきた。

瀬名はゴムボートのスクリューを逆回転させた。身震いしながら、ゴムボートが停まる。

高速モーターボートがゴムボートに並んだ。

「八百万、ネコババしちゃ駄目よ。はい、半分出して」

真寿美が手を差し出した。

「八百万はクルーザーと一緒に燃えちまったよ」

「ばかねえ。それじゃ、わたしたち、只働《ただ》きじゃないの」

「たまには、こういうことがあってもいいじゃないか」

「冗談じゃないわ。わたしはプロなのよ。数日中に、わたしの銀行口座に四百万を振り込んでちょうだい」

「しっかりしてやがる。わかったよ。金は払ってやる」

「冗談よ。今回はノーギャラでいいわ。その代わり、この件には目をつぶってよね」

「この件？」

瀬名は問い返した。

真寿美が氏家と顔を見合わせ、モーターボートの手摺りに結わえつけたロープを引き手繰《たぐ》った。墨色の海面から、二本のエアボンベを背負った男の水死体が現われた。

殺し屋の瓜生だった。空気調整器《エアレギュレーター》のホースが鋭利な刃物で切断されていた。

「どういうことなんだ？」

瀬名は氏家に顔を向けた。

「このボートの中で真寿美さんと話し込んでたら、いきなり瓜生にワイヤーの輪を後ろから首に掛けられて、海の中に引きずり込まれたんだ。そのとき、おれはエアボンベを外してたんだよ」

「それで、おまえはシーナイフで瓜生のエアレギュレーターのホースを切断したんだな？」

「真寿美さんが見かねて、おれを救《たす》けてくれたんだよ」

氏家の言葉を、真寿美が引き取った。

「わたし、殺意はなかったのよ。氏家さんがあんまり苦しそうだったんで、大急ぎで海に飛び込んで殺し屋のエアレギュレーターのホースを切断して、相手の腰にしがみついたの。そうしてるうちに、殺し屋の体から急に力が抜けちゃったのよ」

「二人とも忘れるんだな、この男のことは」

瀬名は高速モーターボートの後部座席に乗り移って、ロープをほどいた。

黒いウェットスーツを着た殺し屋の水死体は、ほぼ垂直に海底に沈んでいった。

真寿美が何か言いかけ、急に口を噤《つぐ》んだ。

「氏家《ウジ》、帰ろう」

「そうだな」

氏家が高速モーターボートのエンジンを唸らせた。

これからは、トリオで悪人狩りをしたほうがよさそうだ。瀬名は、前のシートに坐った氏家と真寿美の肩に両腕を掛けた。

高速モーターボートが疾走しはじめた。漁港の灯《ひ》は、豆粒のように小さかった。

本書は二〇一四年一月に廣済堂出版より刊行された『銃弾暴き屋』を改題し、大幅に加筆・修正しました。

本作品はフィクションであり、実在の個人・団体などとは一切関係がありません。

文芸社文庫

跳弾
暴き屋稼業

二〇一七年十月十五日　初版第一刷発行

著　者　南英男
発行者　瓜谷綱延
発行所　株式会社　文芸社
〒一六〇-〇〇二二
東京都新宿区新宿一-一〇-一
電話　〇三-五三六九-三〇六〇（代表）
〇三-五三六九-二二九九（販売）

印刷所　図書印刷株式会社
装幀者　三村淳

ISBN978-4-286-19170-6

[文芸社文庫　既刊本]

中谷彰宏
贅沢なキスをしよう。
いいエッチをしていると、ふだんが「いい表情」に。「快感で人は生まれ変われる」その具体例をあげて、心を開くだけで、感じられるヒント満載！

中谷彰宏
全力で、1ミリ進もう。
失敗は、いくらしてもいいのです。やってはいけないことは、失望です。過去にとらわれず、未来から今を生きる——勇気が生まれるコトバが満載。

村上隆英監修　安恒　理
フェイスブック・ツイッター時代に使いたくなる「孫子の兵法」
古代中国で誕生した兵法書『孫子』は現代のビジネス現場で十分に活用できる。2500年間うけつがれてきた、情報の活かし方で、差をつけよう！

本川達雄
「長生き」が地球を滅ぼす
生物学的時間。この新しい時間で現代社会をとらえると、少子化、高齢化、エネルギー問題等が解消される——？　人類の時間観を覆す画期的生物論。

伊藤　翠
放射性物質から身を守る食品
福島第一原発事故はチェルノブイリと同じレベル7に。長崎被ばく医師の体験からも証明された「食養学」の効用。内部被ばくを防ぐ処方箋！